Haneko Takayama
Panda Pacifica

高山羽根子

パンダ・パシフィカ

朝日新聞出版

パンダ・パシフィカ

古今たくらみごとなんていうものは、たいてい表面的に起こした現象とはまったく関係なさそうな別の場所に、別の関係なさそうな効果が起こることを狙って実行されているらしい。自分が乗った飛行機を自分の命ごとビルにつっこませるのはなにも〝ビルを壊したい〟からじゃないし、店に並ぶ菓子にこっそり毒を入れるのはなにも〝菓子を買い食いする子どもがどうにも憎くてしかたないからやっつけたい〟からじゃない。

ただやっかいなことに、このとき、たくらみごとを起こした者の狙いともまったくちがったところで、どこのだれもが想像もつかなかった大小いくつもの効果があちこちにもたらされるということがしばしば起こる。そんなつもりはなかった、なんていうのは起こしたできごとの深刻さによってはなんの言いわけにもならないもので、たとえば毒入りの菓子をたまたま食べなかった子どもが大きく育ったずっと後になっても、そのできごとは心の隅に残ってくすぶり続け、別のたくらみごとの引き金になることだってある。

たとえ綿密にたくらまれた末に決行にいたる計画によってうまれたものが〝電話ボックスの

中に置かれた一本のコカ・コーラ瓶〟という、いまひとつ情緒のない地味な風景であったとしても、ひとたびその騒ぎが起こってしまった後になってみれば、そんなようすさえたくさんの人の記憶にこびりついて、その直接の被害者でないばかりか騒ぎ自体をいっさい知らない人たちの頭の中にさえ、現代的な情緒をほんのりまとった恐ろしい映画のオープニングシーンかなにかみたいにして再生され続ける。

順番を考えながらメガネとマスクとイヤフォンが絡まないように指先で注意ぶかくかけようとしたとき、耳の付け根でかすかにぴりぴりと嫌な感じがしたので、あ、と思う。

モトコは体調が悪かったりだとか、仕事が立てこんだりする、ようは体にいつもよりよぶんなストレスがかかっているとき、気づかないうちに起こってしまう特殊な肌の荒れというものがあって、それは子どものころからちょくちょく起こっていた。もとは産まれてすぐのころからだったのかもしれないけれど、はっきりと症状を自覚したのは小学校の高学年になったくらいの時期だった。中学受験のための学習塾が週三日から五日に増えてしばらく経って、肩口から上、特にうなじあたりにひどい湿疹が出たので、母親に連れられて皮膚科に行ったときに、その正確な原因を専門家の口から知らされた。マラセチア菌というのは人間の皮膚にふつうにいる菌で、皮脂を餌にして繁殖し、免疫が弱ったときにふと思い出したようにして肌荒れの症状を起こすという。モトコはずっと幼いころからうっすらと、これに悩まされているらしかった。そのときもらった薬は抗生剤とか抗炎症剤とかいったもので、対症療法でしかなかった。というか、そもそも世の中にある薬のほとんどは、風邪でも花粉症でも、けっきょくのところ対症療法でしかないものばかりなんじゃないだろうか。その日から高校を卒業するまでのモトコは、人生の中でうんざりするほど長い時間をかけた入浴と、自分ひとりでは塗れないところへ薬を塗ってもらうのが日課になった。

　日和見《ひよりみ》感染という、響きだけは美しいというか不穏というか、なんだかミステリアスに感じるそれは、具体的なひとつの病気のことを指すのではないらしい。ふだんなら体の抵抗力で感染しないほどの弱い菌に、疲れたときだけ感染してしまって症状が出ることを一般的にあらわすことばだった。モトコにとってやっかいなのは、これが顔の表面だとか首みたいな目につきやすい部分ではなくて、髪の毛の生え際とか耳の裏とか、そういうわかりづらい部分の皮膚が荒れてぐずぐずになってしまうことで、忙しかったりすると気づくのが遅れることもしょっちゅうあった。化粧もとどかないほどの目立たない場所だったし、こうなるのは忙しいときと決まっているので、薬をもらうだけのために皮膚科に行くことを考えるとつい面倒になってしまうことも多かった。もう子どものころほどひどくはならないし、たいていの場合は放っておけばなんとなくおさまっていく。ただ、乾燥して治りかけても、今回みたいにメガネやマスクで擦《こす》れたりするとまたすぐに皮膚が荒れてしまう。ついその部分を指先でいじって、すこしめくれた端から爪先でつまむと耳の付け根の後ろにかけて細くひも状にぺりぺりと薄黄色のかさぶたが取れた。取ってからすぐ、いつも後悔する。これからすぐにマスクとメガネをかけないといけないのに。

　以前、マスクとメガネが干渉する煩わしさから、無線のイヤフォンを試してみたことがあった。でもメトロの乗り換えをするため通路を歩くときに決まってＢｌｕｅｔｏｏｔｈの調子が悪くなってまともに聞こえなくなる場所があって、それがなんだかモトコにはどうしても気持ち悪かった。この街にはそういうちょっとした不都合を持った場所がいくつもある。使えるはずの携帯の電波がその席のあたりだけぜんぜん入らなかったり、乗れるはずのエスカレーターが動かないいまままだったり、並んでいるうちひとつのトイレだけが特別に流れが弱かったり、あるいは地下街の壁から染み出す水もれをビニールやバケツで対処する、そんなふうな、ささやかで見なかったことにできるくらいの不都合は、昔から、この大きくて便利な街のあらゆるあちこちにひそんでいた。

　明るく光っている携帯端末の表面に浮かぶ数字は、しばらく見ていないと自分がいま生きている場所の日付と時間だということに、モトコの頭の中でうまいこと結びついてくれなかった。ぼんやりしながら、きっとまだしばらくのあいだはマスクが必要だよな、と思う。今年の東京の春はやたら長く感じた。というか、なかなかやって来ない梅雨入りの時期までモトコの花粉アレルギーはおさまらないので、マスクが手放せなかった。目がかゆくなって無意識に擦ってしまうことを考えたら、コンタクトにするのもためらわれた。思えばこういうのも、この街のちょっとした不都合だ。命がなくなるほどのけがや痛みではないけれど、なかなか消えないかゆみみたいな、ささやかな不愉快を生じさせる毒物に対処しながら生き続けるくらいの不都合。

　家から最寄り駅までは、この時期でもまだうす暗い。このくらいの早朝だと冬場なんかは真夜中と同じくまっ暗だった。いつもぴったり同じくらいの時間に、曲がり角から前かごに朝刊を積んだホンダのスーパーカブが出てきて同じ位置でモトコとすれちがう。

　メトロの早朝電車には、スーツを着るような人がまだそんなにたくさんいない。この時間から出勤する人というのはつまり、スーツを着て出勤するたくさんの人たちの、その街のほうを作るための仕事をしている人だ。早くからやっている喫茶店のモーニングスタッフだとか、オフィスビルが開く前から整備しておくメンテナンス作業員、警備スタッフ、コンビニエンスストアの棚におにぎりとドリンクを並べて詰めこみ、あくびをかみ殺しながらレジカウンターで伝票の整理をしている店員たち。そういう彼らもいろいろな場所から、街がすっかり目を覚ますよりもっと前に出勤をしてくる。それらに混じって、モンベルやミレーに身をつつんだ年輩者がいる。彼らは新宿駅や東京駅に向かって、そこからめいめい高尾や箱根、山梨のほうまで行く。似たような格好でクーラーボックスを足元に置いているのは釣りをする人で、千葉や鎌倉のほうに向かう。さらにそこにぽつぽつと混じる、どこからどこへ行くのやら、朝方まで呑《の》み続けて電車で眠りこんでいる酔っ払い。たいていは座席に腰かけて天井を向いているか、自分のひざのあいだに頭を突っこんでいるか、ごくたまに真横に寝そべって長い席を占領している。その酒臭い体をよけて座る程度には、この時間帯の車両は空いていた。

駅を降りてすぐのところにある、昼間ならおびただしい人がどちらからどちらにも動き続ける大通りのスクランブル交差点も、早朝の透きとおった薄明かりの中だとずいぶんちがった場所に見えた。このあたりは時間帯によって、生きものの存在するレイヤーがあべこべになる。ふだん表にあふれている人の数よりも、人のすき間に見え隠れしているはずの別の生きものの数のほうが多くなる。ハトやネズミが通りやお店の表側にちらちら出てきて、どんな生きもののものなのかわからない鳴き声があちこちからかすかに聞こえる。子どものころ、ああいう鳴き声を「ミミズの声だ」とモトコに教えてくれたのは父だったような。こんな街中にミミズなんているんだろうかとも思うことがあるけれど、この街にはわりと大きな公園があるから、きっと昼間、人以外の生きものたちはそこで暮らしている。早朝、それらの生きもののすき間をぽつぽつと歩いている人は、無音で駅のほうに向かうか、駅から出てきて離れていくかのどちらか。開いているのはコンビニかドン・キホーテくらいで、あとはモーニングの開店準備をしているカフェと、店じまいモードの居酒屋にうっすらと明かりがともっているくらい。通りに出されているゴミ袋の山にはひとつひとつに東京都の事業者用シールが貼られていて、それらをさも楽しそうに飛び跳ねながら、カラスがつつきまわして遊んでいる。

一本入った細い路地にある雑居ビルの階段を上がり、モトコはバックヤードに直結したスタッフ用の扉を開けて、入る。極限まで細く作られたスチールのロッカーにバックパックを押しこんで、かわりに引っぱり出したその店のロゴマークが入った水色のポロシャツに着替えてから フロントに入り、システムの画面に見入った。そうして、いまの時点で埋まっている部屋の状況と、中にいる人数を確認している。モトコが来ているのに気がついて、

「篠田さんだ、おはようございます」

と村崎さんが声をかけてきた。

「けっこう入ってますね」

「祝日の前日でしたからね」

「うわ、そうだ、曜日の情報以外ぜんぜん頭になかった」

モトコの横で同じ画面をのぞきこむ村崎さんは、いつも深夜シフトから早朝シフトまで続きで入っている男性スタッフで、モトコより二年ほど早くここで働いている。たずねたことはないけれど、たしかモトコより十歳以上は年上だった。村崎さんはいま深夜シフトに入っているスタッフの中ではいちばんの古株だろう。村崎さんがここで働きはじめたころこのお店はかなり暇だったのと、シフトの人たちの中でもかなりこの仕事に慣れているからか、そののんびりした感じをまだ引きずっている感じもするので、深夜シフトの人たちの軽い反感を買ってしまっている部分はあるけれど、長くいるぶん機械の不具合や酔っぱらいのトラブルの対応なんかにもわりかし器用に対応してくれた。細かいローカルルールをたずねたいほかのアルバイトは村崎さんに直接いろんな相談をしていたりして、そういう現場仕事の部分では村崎さんに頼っ

ているところも多いんだろう。マイペースなふるまいについても、あまり厳しく指摘されることがないようだった。村崎さんはこの店でとくべつ先輩風をふかすこともなく、モトコやほかのスタッフとも当たりさわりなくフラットに接しているふうに見えた。

モトコの働くカラオケ店は二十四時間オープンしているわけではなくて、明けがたから昼前まではいったん閉店する。早朝シフトで入ってくるモトコがするおもな仕事は、深夜シフトのスタッフと一緒に〇時以降のフリータイムで入っているゲストのレジ締め作業と部屋の掃除をすませて、深夜シフトの彼らが帰った後、昼シフトのスタッフたちが来る営業開始前までに店の準備をととのえることだった。

このカラオケ店は雑居ビルの中の三フロアにわたっていて、個室の内装はそれぞれアジアンリゾート風のデザインになっている。といってもそれっぽい壁画風の壁紙と象の顔の半立体の壁掛け、造花とアジア風の柄の布で飾られているくらいのもので、ほとんどの部屋は四人から、詰めに詰めてせいぜい六人がなんとか座れるかどうかというくらいの狭いものだった。ひと部屋だけ、十人ちょっと入る、いわゆるパーティールームがある。とはいえこんな時期に宴会なんて開かれることはめったにないので、この部屋が使われているのはたまたまフリータイムにほかの部屋が埋まってしまっていた場合のことが多かった。きょうは五人のグループが入っているからまだましなほうで、二、三人が心もとなげに部屋の隅に座って歌っているなんてこともしょっちゅうあった。

　この時間帯になれば、もう新しく入って来るゲストはいなかった。モトコがシフトに入るときにはラストオーダーがすっかりすんでいて、フライヤーやドリンクマシンの電源も落としてしまっている。モトコはフロントの受話器を上げていちばん奥の個室から順に、すべての個室にいるゲストにフリータイムの終了十五分前を知らせる内線電話をかけていく。五分もするとそれぞれのルームから、酒も抜け、眠気にとじかけた目を化粧も気にせず擦りながらゲストたちがフロントまでぞろぞろ出てくる。そういう人たちに対しては、失礼にならないようなきめの細かい接客の能力も求められないし、フリータイムはひとりあたりが定額だから、複雑な計算というのもあまり必要がなかった。のたのたと無軌道に動く、会計待ちのゲストたちをレジ担当がさばいているあいだに、別のスタッフが空いた部屋を端から清掃していく。

「この部屋、なんかすごくタバコっぽくないですか」

　モトコのことばに、村崎さんはモップがけをしながら、

「あー、いや、あれなんですよ、ぼく、鼻」

とこたえた。

「花粉症でしたっけ」

「そう、ぜんぜんダメなんです。薬とか飲んでも、鼻だけはなんか良くならなくって」

「私は先週くらいまでがひどくて、もうだいぶましになりました」

「いろいろな植物のアレルギーがあって、順番に来るから結局は一年ほとんどダメで。薬を飲

めばくしゃみとかはずいぶんおさまるんですけど、鼻が詰まったり頭ぼんやりしたりなんかは、もう、ずーっと」

村崎さんはエアフレッシュナーのスプレーをいつもより長めに空間中に吹き回しながら、そう言った。

入店登録が混雑したり、フリータイムの精算なんかで受付がごちゃつくとき、ウェイティングのゲストがなんとなく立ちつくしている場所はロビーと呼ばれている。座ってくつろがれるのが不都合だからか、このエリアにソファのたぐいは置かれていない。モップがけがしやすいようにパネル張りになった床は、天井の色とお揃《そろ》いのターコイズブルーがグラデーションになっていて、ロビーの壁の一面には、サンゴやイソギンチャクの海にイルカの親子が泳ぐ壁画が描かれている。これは壁紙ではなく、ペンキだかアクリル絵の具だかを使って、エアブラシと筆で手描きされたもので、ブラックライトの照明が当たるとイルカのアウトラインがきらきらと浮かび上がるというしかけになっている。油絵っぽくも見えるし、どこかCGっぽくも見える、リアルでつるつるした質感のその絵は、たとえば銭湯の富士山を描いたり、映画館の看板を描いたり、今風な中華料理屋さんの壁に竜の絵を描いたりするような、そういう専門の職人によって描かれたものだろうとモトコは思っている。

ビーチリゾート風なこのカラオケ店がオープンしてすぐのころ、この壁面に描かれた海の中の景色と泳ぐイルカがメインビジュアルになっていて、入店したゲストを迎え入れるのが売りだったらしい。いまイルカの壁の前には、いくつかの段ボールとビールケースが積まれていて、それらの壁画は半分ほど隠れ、それらの横には、手持ちぶさたになったゲストのための心づかいなのか小さなプライズゲームが置かれている。クレーンで景品をつかむタイプのものだけれど、いわゆるUFOキャッチャーと呼ばれるゲーム機よりもいくぶん小ぶりで、いわゆるガチャガチャと呼ばれているカプセルトイのベンダーマシンよりはちょっとだけ大きいというくらいのものだった。その透明な景品ケース部分の中には、アニメのフィギュアやぬいぐるみといったものは入っていない。それよりもっとずっと小さな、そうはいってもキーホルダーや携帯ストラップのようにどこかに使う用途があるわけでもなさそうな、アヒルの形をした小さいおもちゃが詰まっていた。百円はらってこんなものがキャッチできて本当に嬉しいのかモトコにはよくわからなかったけれど、どういうわけか気づくといくらか減ってはいるので、そういうときには倉庫から袋に詰まったアヒルを持ってきて補充する。そのとき、かんたんに見て不良品だとわかるものは弾くようにと教わっていた。どんなものまでを不良品と判断していいのかはわからないけれど、明らかに目やくちばしが取れてしまっているものだったり、逆によけいについてしまっているものなんかはすぐわかるので、気づけば取り除いている。最初モトコはそういったものをていねいによりわけてレジ横に置いていたのだけど、後に返品ではなく可燃ごみに捨ててしまっていいものだと知らされたので、それからはなんとなく捨てるのもかわいそうで、ポケットに入れて持ち帰ることもあった。

このプライズゲームが店に置かれた当初、中には個別包装のキャンディを入れていたらしい。けれど、そんなにしょっちゅう稼働していないこの景品ケースの中の飴の消費期限管理はどうなっているのかという問題が浮上したので、それからの一時期は福引きの赤い三角くじを入れるようになったという。

「あのときは早番のスタッフが締め作業の合間に補充用の三角くじを大量に作っていたんです。くるっと丸めてホチキスで留める、それはとても大変な作業でした。そのうえ捨てられるときは針もついたまま、かさばるし、ゴミ箱からあふれているし」

と村崎さんは当時を苦々しく振り返った。意外なことに、三角くじ時代のこのプライズゲームの売り上げはとても良かったらしい。商品を直接補充する必要がないし、アタリも一等とかA賞というふうに書いておいて商品写真を表面に貼っておけば良いので、くじの補充作業をのぞけば管理自体はそこそこ楽だったのだそうだ。にもかかわらず三角くじクレーンゲーム時代はわりと短く、あっさり終わってしまった。三角くじ方式を発案して導入した当事者のオーナーが、あるときとつぜん、

「インチキを疑われるから」

というふうなことを理由にして、受付にいた昼番のスタッフにくじをやめるように言ったらしい。

ここのカラオケ店のオーナーは、近隣にある小さなパチンコ店やゲームセンターも経営して

いる人だった。オーナーがあるときインターネットを見ていて、どこかの有名なブログサイトのライターをしている人が、こういったクレーン式のプライズゲームに入っている三角くじやお祭りのくじ引きを当たるまでチャレンジし続け、ハズレしか入っていなかったらそれも面白おかしくばらす、という企画の記事を書いて、とても話題になっていたのを読んだらしい。もちろんこの店のプライズゲームに入っているくじ引きには、確率はともかくちゃんとアタリは入っているし、インチキなんかはしていない。ただオーナーは、

「ああいう記事を一度でも見て、疑惑があるんだって多くの人が知ってしまっていたら、ズルが事実かどうかってのは実際のところはあまり関係ないんだよね。なにが混ざっているのか、ここに来るひとりひとりに証明して回るわけにもいかないし」

というふうなことを話していたのだそうだ。モトコがこの店で働き始めたとき、すでにこの機械の中には小さなアヒルが詰まっていた。

回収してきたグラスやフードの食器を洗浄機に入れたら、早朝シフトの仕事はほぼ終わったみたいなものだった。この時間、運行を停めてあるエレベーターの入り口から入ってくる客はなく、後はカウンター周りやフロア清掃、備品の整備と仕入れの発注をのんびりこなしていると昼番のスタッフが来て、開店時間前にはタイムカードを押して帰宅できる。

モトコは、基本的に週に一回から三回、多くの場合は休日前の早朝シフトに入っている。いちばん大変な夜間のシフトは時給が高いぶんの面倒ごともそれなりに多くて、フリーターの男

性が多い。いっぽう昼間シフトの仕事、とくに平日の昼は小学生の子どもがいる女性がみんな希望する。モトコはここのアルバイトのいくらかの人たちと同じく、ほかの仕事も持っていた。面接のときに、早朝に人員が足りないからそこを中心に入ってもらいますと言われていたから、なるべくそういうふうにはしていたけれど、それはかえって、もういっぽうの仕事とかぶることがあまりなかったので助かってもいた。モトコはいったん覚えてしまえばさほど複雑なことはないこの業務内容が嫌いではなかった。

なによりモトコは、早朝の街ですることこの仕事が好きだった。昼過ぎには帰宅ができて一日の半分を別のことに使え、通勤時間はメトロの混雑にぶつかることもない。母親は介護の仕事で朝から出かけているし、父親も夕方過ぎには会社から帰ってくるので、手分けしながら夕飯の支度ものんびりできる。たしかに朝起きるのはきついし、とくに冬場は暗くて寒いといったって、早朝の大通りを歩くときなんかは、なんだかすこしばかり気分が良かった。

同じシフトに入っている日の仕事帰り、モトコと村崎さんはたいてい一緒に昼食を食べた。カラオケの入っているビルの周りには似たつくりの雑居ビルがいくつも並んでいて、飲食店は小ぎれいな定食屋も、チェーンのファミリーレストランも、なんでもあった。回転ずしの店でさえ、ランチタイムには示し合わせてでもいるような同じくらいの値段のセットになった食事を出していた。もしモトコがもうすこしお金を貯める必要に迫られていたなら、コンビニエンストアでおにぎりやサンドイッチを買ったり、場合によっては自分で作ったお弁当を駅とは反対方向に進んだところにある公園で食べたりすることだってあったかもしれない。ただ、モトコはいまのところ大きな目標を持ってお金を貯めているわけではなかったし、そのいくらかのお金のために毎日の自由な時間をことさら窮屈にする理由もないと思っていたから、たいていは気晴らしにあちこちの店で昼食を食べていた。この街にはそういうふうな暮らしをしている人たちがいっぱいいて、どの店にも壁ぞいにひとり客のためのカウンター席があって、交代で店から抜けてきた店員だとか休憩時間はひとりで過ごしたい会社員だとかが、文庫本やマンガ、携帯端末を片手に食事をしている。モトコもたいていはそうしてひとりで店に入ったりもしたし、こうやってなんとなく、そのときどきで一緒にいるだれかと食べたりもしていた。

今日入った店に、モトコは村崎さんとしか来たことがなかった。以前からひんぱんに来ているという村崎さんの話によれば、この中華料理店はこの街にかなり昔からあるもので、いまの店主は二代目だか三代目だかららしい。代が替わっても求人が中国語で貼りだしてあるためか、すくなくともモトコが見ている範囲で日本人らしき人はひとりも働いていなかった。食事をしている客のほうはこの時間ならほとんど日本人ではあるけれど、たまにふと知り合いめいた同郷人が来ていることがあって、そういう人たちは店員とお互いきさくな故郷の言葉で話しているふうだった。ここも、街にたくさんあるほかの店と同じく、お昼の時間帯は同じ価格のいくつかの定食から自分の食べたいものを選ぶことができた。そうして、ドリンクを頼めばウーロン茶もコーラも、小ぶりな瓶とグラスのセットで出てくる。モトコは蒸し鶏の葱《ねぎ》ソースかけ、村崎さんはレバーともやしのオイスターソース炒めがメインの定食をそれぞれ頼み、これも、この街ではどこでも同じようなものだろうけれど、どんな仕組みなのかわからないほどすぐに出てきた。

このお店が、ランチと、夜の時間帯のあいだに子ども食堂をやっているのだということを、モトコは村崎さんから聞いて知っていた。そうしてさらにここの店主は、平日の昼過ぎのさほど忙しくない時間帯に、お金がないであろう人のためにお弁当を作って駅の裏手や公園で寝ている人たちに配ってもいるのだという。できたてで美味《おい》しいから温かいうちに食べてくださいね、という声かけは、もったいなくてつい取っておいてしまう人がいて、これからの暖かくなっていく季節に食中毒を起こされると脱水症状になってよけいに大変だから、という心づかいからくることばなのらしい。

モトコは手に持った茶碗の中のご飯を箸先で自分の口の中に放り込みながら、村崎さんのその話を聞いていた。この、目の前に信じられない速さで出された膳《ぜん》の上の食べものたちは、中華鍋から皿に移された、というか熱を通し終わった瞬間からちょっとずつ腐っていくものであっても、消費期限を過ぎた瞬間にいきなり毒に変わるわけではないし、それらの食べものは食べた人の胃腸の強さ、もっと細かく言えば体全体の抗体の強さとか微生物のバランスにも関わりながら、その人を助けたり弱らせたりする。それに、食べるに困るくらいの人たちにだって食物アレルギーはあるだろうし、体が弱っている場合なら、なおさらその問題はついて回るのかもしれないし。


「うちに来て欲しいんですよ」

ということばは、頬《ほお》に含んでいた米を飲みこんだ後の村崎さんから、モトコに向けて投げかけられたものだった。それがなんだかとても唐突だったので、

「えっなんで」

と口走ってしまって、すぐに、

「あっいや、ええと、警戒しているとかそういうわけじゃなくて、びっくりして」

と言い添えるモトコに、

「いやいや、むしろこっちが突然すぎたんで、ごめんなさい。いまじゃなくって、今度、でも近々――」

村崎さんはまず謝った。そうして、

「しばらく海外に行くので」

と続けた。村崎さんはどうしてもしたい仕事の面接を海外でするということで、そのあいだ、一、二週間ぐらい部屋を留守にするのだと説明した。

「海外で、ってことは、いまのとこ辞めちゃうんですか」

「まだ決まったわけじゃないですけど。そもそも仕事をさせてもらえるかどうかも、わからない状態だから」

カラオケ店のアルバイトのうち、結婚をして子どもがいる昼シフトの女性たち以外の人はたいていモトコみたいにほかの仕事をしていた。いや、そんな女性たちも子育てや家のことという重要なほかの仕事をしているわけだけれども。そんなわけでモトコと一緒のシフトで働く人たちは、今日面接をした、最近転職が成功した、とかそんな話をしょっちゅうしていた。

モトコは何度もこういうアルバイトや仕事を辞めては別の場所でまた働いていたので、そういうふうにいくつもの仕事仲間との別れを経験していた。ときどきはこうやって、ご飯を食べながら打ち明けられることもあった。なのにそういうとき、

「そうなんですね」

という以外のぴったりした言いかたをまだモトコは持っていなかった。人によっては、そんなあ、とか、寂しくなりますね、とかいったことをよどみなく口にできる人がいるのかもしれない。あるいは、困ります、新しい人がシフトに慣れるまでは辞めないでくださいよ、と具体的な不満や自分の欲求を伝えることができる人も。

「で、部屋で生きものを飼っていて、ひとり暮らしなので、そのあいだの世話を――」

「村崎さんのマンションで、ですか」

「はい、あ、でもぼく住民票をまだ移していないので、厳密にはそこはぼくの住所ではないん

ですけど」

「そっちの詳細は別に大丈夫です。えーと、その部屋にいるのはどんな生きものですか」

「いろんな生きものです。なんだか、いつのまにかいっぱい増えてしまって。トリとか、ネズミとか、カメとか」

「動物の世話に詳しくないから、ひょっとしたらうまくできないかもしれないですけど」

「それは安心してください。基本的には部屋の温度だとか、設定してある数値が変になってないか確認してもらって、っていうのとか、自動であげることができる容器に入った餌や水が減ってたら、足してもらうことぐらいです。本来は、ぼくがいきなりなにかの事情で世話ができなくなっても、一週間とか十日くらいならなにもしなくても大丈夫にしといてあるんです。で、その設備がちゃんと機能しているかのチェックをしてほしいんです」

「そもそも、そういう生きものって飼っていいんですかね、マンションで」

「どうなんだろう、メダカとかカメとかなら、すごく大きかったり、噛んだり、毒があったりするようなものでないなら、わざわざ許可を取らなくてもいいということになっているはずなんですけど。もともと役所に登録が必要な大きな生きものはいないし、ペットショップで買えるほどの生きものもほとんどないし。たいていは道で拾っちゃったとか、だれかの家で増えちゃったからもらっちゃったとか、飼えなくなっちゃった人に押しつけられちゃったりとかで」

「ちゃった、が多いですね」

「だから、何日かに一回くらいでいいから部屋に見に来てもらって、水槽のようすと温度、湿度なんかを確認してもらって。あ、いちおう種類ごとに確認してほしいことは付箋《ふせん》に書いてそれぞれの飼育容器に貼っておくので、なんかおかしいなってこととか、わからないことがあったらメールしてくれるとありがたいです。でも、しつこいようですけど水槽は自動フィルターがついててほとんど掃除はいらないし、ほんとうに、しばらくはなにもしなくていいようにしておくので」

「村崎さんの留守に、家に行くってことですよね」

「はい。部屋は好きに使ってもらっていいです。といっても生きものがたくさんいるし、狭いんで。ほとんど鳴かない生きものばかりだから静かですけど、さすがに、ちょっと落ち着かないかもしれません」

と村崎さんは話しながら、モトコが考えこんでいるのに気づき、

「いや、あの、大変ではないとはいえ、まちがいなくそれなりに面倒なことではあると思いますし、気乗りしないのであればほかに頼むつもりで、ほかに頼めるので、でも、できたら――」

「やります。やらせてください」

「あ、でも、もうちょっとゆっくり考えたいとかだったら、それでもいいですけど」

「大丈夫です。なんか問題ありますか」

「あー、いや。すごく助かります」

村崎さんはそう言うと、ちゃんと改めてお礼はするけど、ひとまずここも、と、その食事の代金をふたりぶん払うことを申し出て、ついでに財布から自分の部屋のカードキーのスペアを引っぱり出して差し出してきたので、モトコはそれを受け取った。


それが表の仕事か裏の仕事かはさておき、平日のモトコは、この街の多くの人たちと同じくらいの時間に駅の中の通路を通って電車を乗り継ぎ、エントランスの二階部分までが吹き抜けになっている、透きとおった明るいデザインの大きなオフィスビルに出勤している。ビルの入口にある警備システムのゲートには制服姿の男性がひとり、たいてい所在なげに爪の先をいじっている。朝の早いモトコが職場に着く時間、たいていそこから先、受付のブースにはまだだれも来ていないことが多かった。

明るくて白い通路を歩いて、いくつかの警備システムを通り過ぎるたびに首からさげた身分証をかざして、そのたびに小さい電子音が鳴る。一か所だけ、決まって身分証の読みとりに、ほかよりすこしだけタイミングが遅れてもたつくのを、なんだかリズムが崩されるような感じがし、それでも機械に個性を感じるような気もしてモトコは気に入っていた。廊下の終わりに並んでいるスイッチパネルのうち、自分の作業デスクの上にあたる天井照明のスイッチだけをつけてコピー機とポットの電源を入れ、そうして受付カウンターに置かれたプラスチック箱の中からビニール製の書類袋をひとつ取り出す。

これは特に急ぎというわけでもなさそうと判断されたために、残業していた人たちがその箱の中に残しておいた仕事だった。朝の早い時間に来るモトコのようなスタッフがやっておくために置かれていたその袋には、たいていいくつかの指示フォーマットが記入された申請用紙と、データの入ったディスクかあるいはUSBメモリが入っている。その他にはたまに、いつの規格なのかというビデオテープや古い写真、本の表紙がそのまま入っていて、そういうときは、それらを専用のプレイヤーやスキャナで取りこんでデータ化する。マシンの脇に置かれた、電源を入れっぱなしにしてある大げさなデータリーダーは、セキュリティに対応しているものだとかなんとか教えられたものの、その詳しいシステムをモトコはわかっていない。ただモトコがそのリーダーにUSBメモリを差しこむだけで、スリープモードが解除されて読みこみが始まった。

たいていの職業訓練センターで行なわれる講習は、とても短いものだった。今回モトコが受けた講習も一週間から十日ほどで終わって、ほとんど休みもなくこの仕事に就くことになった。世の中のあらゆる仕事、プログラムや接客や経理や編集といった業務にはそれぞれの〝肝〟とでもいうようなものがあって、それを教わればどこに行ってもひとまずなんとなく格好がつく。そんなポイントを、その仕事に就く前にだけごく短期間で学ぶのが、この街の職業訓練だった。専門学校とちがって学費もいらないし、なんなら雇用保険からの補助がおりるのでモトコはこの仕組みに文句はなかった。

それにこの付け焼刃の知識は、どういうわけかぜんぜん関係のない次の次の仕事にもちょっとずつ役に立っていった。これをモトコは、転職のたびに特別な能力が自分の体にインストールされていくようなものだと感じていた。カードゲームでいえば手持ちのカードデッキが豊かになっていって、それは別のところでも流用でき、思わぬ役に立つことがある。経理や営業の手伝いをして社会の仕組みがぼんやりとでもわかれば、プログラムの仕事も効率を考えることができた。きっと昭和の昔なら新入社員の研修という形態で行なわれていたかもしれない細かなことを、職業紹介所で申し込める訓練を受けて行えば、すぐに仕事に取りかかれる。このことは、この街のあらゆる企業も、そうして働いているモトコのような人たちも、すくなくとも表面的にはまあまあ良いこととして受け止めていた。

国の主要なテレビ放送用の映像規格が一斉に変わるということは、この社会全体、とくにこういった映像関係の仕事にとってはそれなりに大きなできごとだった。モトコはその変更の理由については知らなかった。きっと、画質向上とか著作権保護の電子署名とか保存方法とか、あらゆるところでいろんな大きさの画面でテレビが見られるようにとか、これからの社会に必要なものがその技術には詰まっているのだろう。

この仕事に就くときモトコの面接をした人は、これらの規格変更のためにとても高いテレビ塔が東京に建つんですよ、と話していた。この新しい仕組みというのはいろんなメリットもあるけれども、このままではうまくいかない部分も多いので、そのための設備としていままでとはちがう規格のアンテナが必要なのだという。子どものころ、モトコが父親に連れて行ってもらったことのある東京タワーよりもずっと高いテレビ電波塔が建設されることで、その規格変更が可能になるらしい。大騒ぎされながら建てられる日本一の放送塔のニュースを見ていると、放送塔というものが道具ではなく、それ自体が新しい放送の仕組みの象徴なのかもしれないと思えた。東京湾に近い湿地の水路を埋め立てた場所にあんな高い塔を建てて、いつか、大きい地震とかがあったらどうなるんだろうね、と村崎さんはモトコに言ったことがある。日本という国が地震の多い島だということは、きっとたくさんの人、特に日本の国の中の人ならたいてい知っている。

モトコは東京のどちらかというと南のほうに暮らしているから、家の窓からかろうじて都庁のふたつの先が見えるくらいだった。その塔の建設についてあまりぴんと来ていなかったけれど、ものすごく大きいなら、モトコの住む場所からもそれは見えるんだろうか。

この放送規格の変更ではまず、画像の比率が変わる。4：3が16：9に、つまりいままでよりちょっとだけ横に広がる。モトコは、何度繰り返し聞いてもその詳しいシステムが理解できなかったのだけれど、その仕組み自体は仕事内容にさほど重要なことではなくて、規格変更で起こるちょっとした不具合や、その対応のためにモトコの仕事があるということだけがわかっていれば充分だった。

たとえば、いままでの映像をそのまま放送にのせてしまうと不自然なほど広がって見える。広がりすぎると映像の印象が変わってしまうので、たいていのばあいは比率を元のままにして、画面の両脇に、映像のじゃまにならないベースを入れる必要があった。ただ黒一色の帯を入れても良いのだけど、画面の故障と思われないようにその映像の色合いとあわせて、ときにはその映像に関するテロップや番組に関連するロゴマークを透かしに入れて帯にして飾って欲しいという依頼もある。また、ときに変更後の画面にあわせた字幕やタイトルのサイズ調整も必要だったりした。

もともとこの会社が受けている映像編集ともいえないくらいの編集業務は、昔のテレビや映画で流れたニュース映像などのとても古いアーカイブデータをもとに、指定された情報を付くわえたり、映りこんだ不要なものをマスクするというのが主な作業だった。現在放送する報道やドキュメンタリー番組に古い映像を使うとき、いつ撮影された映像なのか混乱をきたさないよう、当時の速報ニューステロップや時刻表示にぼかしを入れたり、逆に当時の記録であるという解説を追加して表示させたりする。場合によっては、もうすでにない地域の住所表記を書き換えたりもする。こういった映像加工の仕事は、すくなくともテレビやビデオが放送機器として普及したころからあったことはまちがいない。それが、にわかに降ってわいたこの数年の放送規格の変更によって、想像以上の余分な業務が追加されたので、作業量がとんでもなく増えてしまっているらしい。モトコがこの仕事に採用されたのも、まさにこの放送規格の変更で発生する業務のために、人員を増やす必要があったからだった。

加工する素材は最近の映像もあるけれど、ほとんどがずっと昔に撮られたものだった。だから、モトコにはそれらがいったいどういう種類の映像なのか、ぼんやりとしかわからなかった。とはいえ添えられた指示書に入力されているデータのタイトルを見れば、おおまかな時代や撮られたものがなんなのかを知ることができた。たいていはそこそこ有名な事件やできごとの映像だったから、もしどうしてもその詳細が気になる映像だったら、家に帰ってからインターネットで調べれば詳しい情報を知ることができる。ただ、映像加工作業は一日にいくつもこなすので、仕事を終えて帰るころには個々の素材に関して詳細を調べる気力がすっかりなくなってしまうことも多かった。モトコもいまとなってはほとんど、これらの作業の中で目にする各映像に興味を持つことなんてなくなっていた。作業画面に映し出されるのは政見放送みたいなものや国会中継、偉い人が来日して偉い人と握手をしている場面、だれかが捕まって護送されている場面、来日のために空港に来てファンに手を振っているアーティスト、檻に入って飛行機から積み荷のように降ろされているジャイアントパンダ、試合終了直前にサッカー選手がシュートを決めるシーン、ゴールされてひざから崩れ落ちる相手選手のシーン。ときには、モトコがぼんやりとおぼえているものや、有名だから知っているものもあった。たとえば特別なワインを買うためにカウントダウンで待っている行列の人たち、北朝鮮のスパイと言われる若い女性が、両脇を抱えられてタラップを降りるようす。ここではそれらの映像を最新のデジタルデータに加工して、場合によっては当時うっかり写ってしまっていたじゃまなものを隠し、新しい文字や記号を入れ、ときにほかの映像と地図を重ねてみたり、CGの図解を並べてみたりする。それらの素材を組み合わせて番組を作るのはまた別の人たちで、モトコたちはここで、これらがどんな番組に使われるか、どういう文脈が付けられてこの素材が紹介されるのか想像をめぐらすこともあまりなく、ただ機械的に同封された指示書通りの映像素材を作っていた。

古いニュース映像や資料映像が、なにかの速報で報道番組などのために急に必要とされるケースもごくたまに起こっていて、そういうときは生放送のニュースのための映像データを持ってここに駆けこんでくる制作会社の人もいた。ただ、たいていの場合はそこまで急いでなにかをしなければいけないようなことはなかったし、そういったものはもうちょっと責任の大きい社員スタッフが行なうので、モトコがこの仕事で緊急に呼びだされるということはなかった。

おはよー、と大沢さんの声が聞こえた。

「うわ、早い」

モトコが画面に向かったままで小さく言ったのを、大沢さんは、そりゃそーだよ、早いときだってあるよ、とこたえてモトコの隣の机の椅子をひき、座ってから机の上に作業用の袋をいつつ、どさっと載せた。大沢さんは受付カウンターと作業机をいちいち行ったり来たりするのが面倒らしく、一日でこなせそうな量の作業を見積もっていっぺんに持ってくる。そういうとき急ぎのものを後回しに選ぶことはないけれど、このことでときどき受付の人ともめることもあった。大沢さんはモトコとは別の就業契約でこの仕事を長くやっていて、未就学の娘がひとりいる。子どもがしょっちゅう熱を出すというのは世界中どの国でも共通する常識で、大沢さんの娘も国際的な常識に則した子どもだった。

モトコは、いったん作業に集中さえしてしまえば時間がどんどん過ぎていくこの仕事を、とても気に入っていた。とはいえこの放送規格変更が済んだら、さほど長くなくこの会社は元と同じくらいに仕事が減り、スタッフも減らしていくんだろう。そういうときに減らされるのは大沢さんみたいな人ではなく自分のほうだろう、ということもモトコはわかっていた。そうしたらまた、きっと自分は新しい別の教育を受けて、そのとき急に人手が必要になった別の仕事に就くんだろう。

モトコが次のシフトでカラオケに行ったとき、村崎さんはすでにこの仕事を辞めていた。辞める人のあいさつのテンプレートをどこかからコピペしてきただけみたいなメールがオーナーのアドレスに送られてきていたらしく、そのメールに返信してもエラーで戻ってきてしまうらしい。心当たりはないですか、という通達が各シフトの申し送りノートに書かれていて、村崎さんと比較的仲の良かったモトコには、直接彼のことをたずねてくるスタッフもいた。モトコの側にはそこそこちゃんとした心当たりがあったから、そのときはもしオーナーに強くたずねられ、うまく答えられなかったために面倒が起きてしまったらどうしよう、とその日一日はずっと不安だったけれど、村崎さんのことが騒ぎになったのはちょっとのあいだだけで、その日のうちにはどこか別の店舗からその時間に入れる新しいスタッフが来てモトコと組みルームの清掃作業をすることになって、後はときどき深夜シフトのスタッフが多少のネタとしてなにか言っていた気はするけれども、それ以上の大事にはならなかった。

この職場に限らず、一緒に働いていた人がある日ふっとその場からいなくなることを、いまの社会に暮らす人たちは常にどこか勘定に入れながら働いているところがあった。

まずどこかのだれかがなにも連絡をよこさずにいなくなる場合なら、事件や事故を疑われるから捜されるということもあるらしいけれど、いい大人が連絡をした上でその場所からいなくなるとき、よっぽどの事件性がなければ、そこまで積極的に捜されることはないらしい。特にこれが会社と労働者という関係なら、会社のお金がなくなっているとか、その人がやらなければいけない会社にとって重要な秘密の業務があるとかなら別だけど、たいていの会社はやっぱりそこまで詳しく捜そうとしない。これをモトコは、会社がその労働者にたいしてどこか後ろめたい気持ちがあるからだろうとも考えていた。実際、突然仕事を辞めた人に関する連絡で、会社の人たちがいちばん恐れている、というか面倒だと思っているのは労働基準監督署からのものだろうし、それ以外であれば多少のめんどうくささはあったとしても、特別に気にする必要はないのかもしれない。

しばらくのあいだ、モトコは各シフトに入るそれぞれのアルバイトスタッフから村崎さんに関するいろいろなうわさを聞いた。そのほとんどはいまひとつ信ぴょう性に欠けはするけれど、村崎さんと仲の良かったモトコなら知っているかもしれないと思っていたからだろう、その真偽を確かめるためにたずねてきているみたいだった。

たとえば、村崎さんはもともと逐電の癖を持っていたとか、恋人にDVを受けていてそれから逃げるために仕事先に前もって連絡もせずひっそりと転職したのだとか、探偵の潜入捜査でここに働きに来ていたとか、隠し子がいて養育費の支払いが滞り、給与差し押さえから逃れるためにどこかに消えたとか。村崎さんならそれらのあらゆることをぜんぶしでかしそうでもあったし、これらがすべてまったくの作り話だと言われれば、それもまた村崎さんらしいなと思えるくらいの話ばかりだった。

村崎さんのマンションは、人が住むための場所という印象のあまりない、大きな駅の近くにあった。そのマンション自体もエントランスにある集合ポストを見ているかぎり、たいていの部屋にはなんらかの会社や事務所が入っているふうだった。建物の内側、中庭を囲むように延びている廊下は広くて、すこし古い感じはするもののずいぶん高級そうなマンションだった。家賃も高そうだけど、きっと入居審査だって厳しそうだ。分譲以外でこういう場所に住める人っていうのは、どんな種類の人なんだろう、だいいち村崎さんはどういういきさつでここに暮らし始めたんだろう、あのアルバイトが本業でないのはモトコも同じなので、なんら不自然なことではないけれど、いったいほかにどんな仕事をしていたら、こんな場所に暮らすことができるんだろう。エントランスでカードキーに記された部屋番号を入力して、階段を上り廊下を進んで、表札に村崎と書かれた部屋の扉にキーをかざした。玄関には明かりがついていなかった。靴はひとつもなく、人の気配はなかった。ただ、玄関から短い廊下の先にある扉のガラスがはまった部分からは、その先の部屋から漏れる明かりが見えた。時間制御で電気も温度もぜんぶ管理しているから、と村崎さんが言っていたのをモトコは思い出す。

部屋に入ってマスクを外したとたん、モトコはとてもびっくりして、

「えっ、くっさ」

と、ついほかの人がだれもいないのに、とても低い声ではっきり口に出してしまう。それはモトコがいままで嗅いだことがないにおいだった。ペットショップや牧場、あるいは動物園とかいった場所で嗅いだどんなにおいとも別のものだけれど、あきらかにほとんどの人から〝くさい〟と定義されるだろうもので、それはどうやら単純に排泄物なんかのにおいばかりというわけでもなさそうだった。たとえばそれはかごに敷き詰められた干し草や、それぞれの生きものの餌、水や苔《こけ》のにおいといった有機的なものばかりではなくて、機械油だとか、消毒薬、消臭剤なんかの化学薬品のにおいみたいなものも、ぜんぶが混ざり合った結果のにおいのようだった。

村崎さんは一緒に働いていたときもずっとふだんからこんなにおいの中で暮らしていたんだ

ろうか、ひょっとしたら、モトコひとりがそこまで気にならなかっただけで、村崎さんの体にもこのにおいがしみついていたんだろうか。モトコはそう考えながら換気をしようと窓際に行ってサッシに手をかけ、すこし考え、こんなにおいが漏れてマンションの周囲に住む人たちに不審がられたらけっこうな騒ぎになるような気がして、やめた。

どちらかといえば、エアコンは強すぎるくらいかかっていた。これは水槽周りの機材の駆熱を下げるためのものだとモトコは村崎さんから教わっていた。それぞれの飼育容器の脇からは、ポンプなのかフィルターなのか、さまざまなモーター音がしていた。

リビングダイニング、というかおそらくここ以外は水回りがあるだけだろう部屋の中には、ベッドはもちろんテレビやソファもない。そのかわりに三段式のスチールラックが並んでいて、そこには、ふたの上から水中に向けて青白い光を発しているいくつかの小さい水槽と、もっと小さい、虫かご状のふたがついたプラスチックケース、モトコも昔に見たことがあるような鳥かごに似た檻のいくつかが置かれている。それらほとんどのものに上から三分の二くらいまで、柄のない灰色の布がかけられていた。水槽っぽいのに、水が入っていないものもいくつかあった。それらの生きものを入れている容器の表面には正方形の付箋が貼られていて、そこには、中に入っているのだろう生きものの名前と、こまごました指示が書かれていた。餌の補充容器が空になっているときには棚の中にある〝04〟とマジックで書かれたジップロックに入っているものを補充、水には緑色のラベルのボトルに入った〝20〟のビタミン剤を二滴混ぜる、といったふうに。書かれている名前はハナちゃんとかマルちゃんとかいう単純なものだったけれど、肝心の生きものの種としての名前、つまりそこにいるのがどういう種類の生きものなのかは書かれていなかった。モトコは、これらの中にどんな生きものがいるのか気になったので、いくつかの水槽やケージにかかった布をめくって覗きこんでみたけれど、土に潜っているのか、餌の容器のうしろに隠れているのか、その姿は見つからなかった。警戒しているのかもしれない、と考えたモトコは、へたになつかれたり噛みつかれるようなことはなさそうだと思い、かえってほっとした。

部屋に入って右奥のほうにキッチンがあったものの、ここで料理がされている気配はまったくなかった。普通なら食器を置くだろうキッチンの棚と、その横に並んだひとり暮らし用の冷蔵庫にはいくつものジップロックやプラスチックボトル、ガラス瓶みたいなものが詰めこまれていて、それぞれにラベルが貼りつけられている。かわいらしい生きもののイラストがデザインされたものもあれば、白黒コピーで印刷された細かい文字が並ぶ紙が貼りつけられているだけのものもあった。きっとこれらは、生きものの専門店やウェブサイトで買える配合飼料や栄養剤なんだろう。それぞれの粒は野菜や魚、虫などのように見てわかるちがいはないため、すべてに手書きの通し番号がふられていて、まちがえたものを与えないように工夫されている。考えてみれば、ここにいる生きもののあるどれかにとっては、とても大切な栄養素になるものが、そのすぐ隣で飼われている生きものにとってひどい毒になるということもあるんだろう。

もし、この付箋がなにかのはずみで入れ替わってしまったり、ちょっとでも読みまちがってしまったらと思うと、モトコはとても不安になった。毒物と栄養は、ほんとうにささいなきっかけで、そうしてかなり複雑な外部要素によって絶えず入れ替わり続けるんだと、モトコはなんとなくそう考えた。

ただ村崎さんの言っていたとおり、餌の容器にはそれぞれおそらく数日はもつくらいの餌が置いてあるように見えて、そうそうすぐに空っぽになる気配はなかった。

こんな生活感のない場所で、村崎さんはどう暮らしていたんだろう、とモトコは考えた。そうして、ここにいる生きものたちはどういういきさつで村崎さんのところに来たのだろう、とも。ときどき、カタカタカタと音のするそのケージは、でもモトコがおそるおそる布をまくると音がすっと止まり、生きものの姿は見えず、回し車がかすかにゆらゆら揺れているだけだった。

モトコが家に帰ると、父だけがすでに帰っていてカレーのにおいがした。ということは、今日、夜ご飯の時間にはまだ母が帰って来られないということだった。

「芙美《ふみ》おばちゃんのところ？」

「そんなに遅くならないとは言ってたけど」

隣の区にひとりで暮らすモトコの母の姉、芙美が階段を踏み外して以来足の調子を悪くしたというので、母はここ一か月、週に一日か二日は仕事帰りに寄って、買い物や家のこまごましたことを手伝っている。もうすでにほとんど問題ないくらいに調子は良くなっているけれど、

「まあ、お母さんとお姉さんで話をしながら食事をするのも、いい時間なんじゃないか」

とモトコの父も言っていて、なんとなくその日には作り置ける料理を作ったり、モトコとふたりで家のことを手分けしていた。モトコは、食事前にお風呂に入りたかった。体にあの部屋のにおいがしみついている気がした。

寝る前、部屋の机にあるノートパソコンを開き、〝生きものたちに変わりはなさそう〟というメールを送るだけのことに、モトコは思っていた以上の時間をかけてしまった。何度か、仕事のことや、いまどこにいるのかという村崎さんについての質問を書いて、それを消した。けっきょくこちらから送るべきは〝村崎さんのマンションにいる生きものたちの無事の知らせ〟だけでいいような気がして、そうした。

村崎さんは無事、目的地に到着したらしかった。村崎さんからのメールには、いくつかの画像ファイルが添付されていた。まずは空港の写真、そうしてどこかの街の写真のようだったけれど、そこがどこなのかモトコにはわからなかった。カフェのテーブルに置かれたお茶の入ったかわいい柄の小さいカップに、取っ手はついていなかった。

もう一枚は、アメリカの山の写真だった。山の正式な名前はおぼえていなかったけれど、と

ても有名な山だということはモトコにもわかる。山肌に四人の人物の顔が彫られている。きっと写真撮影用のベストスポットなんだろう、絵はがきを置いて撮影したものにも見えるくらい、良く撮れていた。

＊

篠田さん、こんにちは。

ありがとう。突然の出発になってしまって、ごめんなさい。部屋の生きもののようすを見に行ってくれたことも、お手数をかけて申し訳ないけれど、本当に助かりました。部屋、あんまりな感じでびっくりしましたよね。いきなりああいうふうになったのではなくって、つい、いつの間にか、だんだんあんなになっていってしまった。急ぎだったとはいえ、もっとちゃんと片づけておけばよかったです。足りないものがあればなんでも言ってください。

こっちは暖かいけど、風だけがひんやりしています。乾燥しているせいか、あとは高い所だからかもしれません。

この山の四人って全員わかりますか。左右の端はぼくたちにもわかりやすいですよね。これから右の端、リンカーンの隣にいる人の話を書きます。

アメリカ合衆国の第二十六代大統領セオドア・ルーズベルトっていうのは大統領の中でもす

ごく有名な人で、アメリカ人最初のノーベル平和賞ももらっています。テディベアでも知られていますよね。彼は、開拓者としてのアメリカ人、カウボーイ的な力強いクリスチャンのイメージが強い大統領です。そのころのアメリカ人というのは、産業や工業の進化の裏側で、公害や運動不足によって男児の健康被害が多くなっていたということから、自然回帰、開拓民としてのアイデンティティの回復というものが価値を持ち始めていました。そのころに都市のスポーツ大会や郊外でのキャンプ、登山、ボーイスカウト、スポーツハンティングといった文化が盛り上がっていったのも、思えば自然な流れだったんでしょう。大統領自身も、子どものころはひどい喘息《ぜんそく》持ちだったのだそうです。

大統領自身も探検家でありハンターでしたが、彼の息子は世界を巡る探検家でした。セオドア・ジュニアは中国の山奥に何度か探検をして、アメリカ人にとっては毛皮と骨しか目にしたことがない珍獣であったジャイアントパンダをハンティングすることに成功しました。

つまり、公式に記録された、ジャイアントパンダを最初に殺したアメリカ人です。

＊

しばらくのあいだモトコは、ふだんは夕方の仕事が終わってから、週末ならカラオケの早番シフトが終わって昼食を済ませた後、村崎さんの部屋に立ち寄って、十五分くらいかけて生きものたちの世話をした。といってもほとんどは部屋の中の細かいいろいろなようすが変わっていないか確認するだけだった。温度も湿度も、飼育場所のあちこちに貼りついている温湿度計の数字を見れば確認できた。異常があればそれぞれの飼育環境にあるヒーターや換気ファン、加湿器のダイヤルを調整すればいいとかいうことだったけれど、異常が起こっていることはなかった。すべての容器にそれぞれの餌や水を補充し、ときどきは、においがどうしても気になったカメやトリの床材なんかを取り換えた。慣れてくると自分なりのやりかたも見つけることができた。手にはめたビニール袋で、汚れたワラやおがくず、パルプをつかんで裏がえし、縛ってゴミ袋に入れる。ほかの生活ゴミがないから、どんなに多くてもコンビニの中袋ひとつぶんくらいで済み、マンションのダストボックスに年中勝手に捨てることができた。付箋には細かく丁寧に、ここにいるすべての生きものに必要な最低限のするべきことが書かれていたけれど、そのほかにも気になることがあればインターネットで検索したら、たいていの生きものの世話のしかたを知ることができた。世の中の人というのは、ほんとうにいろんな生きものを飼っていた。

そうしてひと通り作業が終わったあと、モトコはたいてい十分ほどこの部屋でぼんやりした。最初、とても不快なものだと思っていたこの部屋のにおいは、それぞれのにおいの理由がわかると脳が安心するのか、それとも単に鼻が慣れたのか、そこまで気にならなくなっていた。ソファもない部屋の床に座ってモトコはときどきペットボトルのお茶さえ飲んだりした。

村崎さんは無事面接を終えただろうか。もしそのまま海外で仕事をすることになった場合、この生きものたちはどうなるんだろうか。モトコは生きものにあまり詳しくないので、村崎さんがこれらを海外に持って行って一緒に暮らすことができるのか、わからなかった。

そうしてモトコはまた、この部屋に積み上げられた生きもののすみかがあまりにも飾り気なく殺風景なことについても考えた。生きものを飼っている人というのはたいてい、それがイヌでもキンギョでもトカゲでも、その生きものの暮らす状態をひとつのインテリアと見なしているものだとモトコは考えていた。水槽ならキラキラと光る砂利を敷いて石や木や水草、ときには遺跡風の仏像オブジェを配置してライトを当てたり、自分が眺めて楽しむことができるように工夫をする。なのに、ここの生きものは昆虫採集に使うようなケースだとか、幼児のおもちゃじみた色のハムスター用らしき飼育かごだとかはまだいいほうで、中には押し入れで使う衣服用ケースや、半分にカットしたペットボトルを利用しているものまであった。ちゃんとした水槽も置かれているけれど、その中には砂利も水草も入っていなかった。

生きものにとっては必ずしも良いものではないのかもしれない、余計なストレスがかかるのかもしれないとも思えるそういう飾りものを置かず、生きものを人の視線から遠ざけることが理想的なのだとしたら、ここでこれらの生きものが飼われているというのはどういう意味があるんだろう、とも思う。布をかけられて人の視界の外側に置かれて生きているなら、この生きものたちがここで生きている必要性みたいなものはあるんだろうか。たとえば布がかかった飼育容器の中に、定期的に鳴き声をあげたりカタカタ動く機械が入っているのとなにがちがうんだろう。

最後にモトコは、ぜんぶの飼育容器の中をもう一度ずつかんたんに確認してからマンションを出る。あいかわらず、ほとんどすべての生きものは姿を見せない。

ただ、この日だけはちょっとようすがちがっていた。〝シナモンちゃん〟と書かれたケージの中にいる生きものが、隠れることなく床材を敷いた真ん中あたりにいた。とくべつ具合が悪そうには見えなかったけれど、なんとなくおかしいとモトコは感じる。そもそも、こんなにかんたんに姿を見せるということがすでにおかしい。ハムスターよりは心持ち細長くとがったその顔を見ていると、ちょっと息が荒いようにも感じた。いや、こんな小さい生きものはもともとがこのくらいのスピードで小刻みに呼吸をしているのかもしれない。きょう初めて見た生きものの体調が悪いかどうかなんてモトコにはわからなかった。でも、と、モトコは冷蔵庫の扉に磁石付クリップで貼りつけられていた動物病院の診察券を手に取り、裏面を見ながら自分の携帯端末に数字を打ちこんだ。キッチンカウンターのところに置かれていたプラスチック製のケースには、生きものが入っているようすがなかった。ふたを開け、シナモンのいるそばに持って行って、床材ごと両手ですくって入れた。ここまでして逃げようとしなかったことも、モトコには気がかりだった。

動物病院の場所はマンションの最寄り駅から近い場所にあって、もっと遅い時間でも開いているのだということにモトコは驚いた。考えてみれば、モトコは人間用の病院さえここしばらくは行っていなかった。


「あー、なるほど」

とその先生は透明なふたのケースに入ったシナモンのようすを見ただけでなにか気がついたようだったけれど、

「いまエキゾチックの先生がいないんで、明日まで預かっても大丈夫ですか。でもまあ、おそらくは手術になると思います。その前に詳しい説明をさせていただくことになりますけど、明日は平日ですし、もし先生のいる時間にご来院がむずかしいようでしたら、電話でご説明させていただくこともできると思います」

と言った。モトコは、

「はい、こちらもそのほうが安心です。あまり詳しくないのに、急に来てしまってすみません」

とこたえる。

「いや、ちょっとでも気になったらすぐ来てくれたほうがいいんですよ。小動物の異常って、ずっと見ててもつい見落としてしまいがちなので。そのためにここを遅い時間まで開けてるっていうのもありますし」

「でも、私は飼い主ではなくて、留守番なんです」

「あー、そうか、診察券が村崎さんのものですもんね」

「ご存じなんですか」

「たくさん飼っていらっしゃいますからね。うちはいろんな専門医が入っているんで、いろんな生きものを飼っている人が、遠くからも受診にいらっしゃるんですよ。そうか、そうしたら、明日までに村崎さんとご相談してもらえそうですかね」

「はい、たぶん大丈夫です。連絡してみます」

＊

村崎さん、こんにちは。

すみません。変な時間で忙しいかもしれませんが、ちょっと急ぎの相談があって連絡しました。急ぎなので短くて文章がおかしいかもしれません。

シナモンさんが体調を崩しました。さっき診てもらったんですが、手術になるかもしれないということです。明日来る予定のエキゾチック？の先生に説明してもらうことになっていて、入院してもらっています。ただ、知識的にも責任的にも、私には難しい判断ができないと思います。いちおう毎日ちゃんと見ていたつもりなんですが、行き届かなかったのかもしれません。ごめんなさい。では。

＊

篠田さん、こんにちは。

大変な思いをさせてしまいましたよね。なんだか、すみません。

シナモンさんはファンシーラットといって、ファンシーラットというのはつまりドブネズミにちょっと良い感じの名前を付けてペット化している生きもののことなんですけど、彼、あ、シナモンはオスです、はもうだいぶ年を取っています。だからというわけではないんですけど、おそらくあちこちガタが来ていると思うんです。手術というから腫瘍《しゅよう》か、あるいは歯のかみ合わせかもしれません。ファンシーラットの手術といったらいくつか思いつきますけど、そうそうたくさんはないので。

もう行ったようですから知っていると思いますが、あそこは個人経営の動物病院にはめずらしく救急の窓口もあるので、前もって電話してあれば深夜でも土日でも引き取りに行けます。

基本的には、ノムラ先生が手術でなんとかできるというなら、ぼくのほうからもお願いしておきます。おそらく手術が終わってから治療費の支払いになると思うんですけど、小さい生きものの医療というのは特殊なので、費用がそれなりにかかります。金額を聞いたら、びっくりしてしまうかもしれません。代わりの人が引きとりとお話を聞きに行くということは、こちらからも連絡しておきます。お金ですが、キッチンの、カトラリーを入れる浅い引き出しの中にキャッシュカードが入っています。暗証番号は付箋に書かれている数字です。

　預けてあるお金はぜんぶおろしていってください。その口座に入っているお金はうちにいる生きもののためのものなので、たとえば病院に行くときのタクシー代とか、うちにある餌なんかが切れてしまって買うときとか、途中で息抜きにお茶やご飯をするときなんかにでも自由に使ってください。

　本来はもう帰ってきちんと謝礼とか渡すべきなんですけど、ちょっと日程が予想外に延びてしまったので、その延長の手間賃のつもりで息抜きにもどんどん使ってください。っていうほどには入っていないと思いますが。本当にごめんなさい。

＊

　とはいえやっぱり不安があったので、モトコは翌日、仕事を休んで昼過ぎにもう一度動物病院に行った。昼の動物病院は明るかった。待合室には一匹の黒いレトリーバー犬が、ストライプのシャツを着た男性の横に伏せの体勢で心細げに待っていた。カウンターに診察券を出すと受付にいた女性が、

「ああエキゾチックのかたですね」

と奥のだれかに向かって、
「エキゾチックの先生、いまお手すきですっけ」
と声をかけてから、受付の端末になにか入力してから、短い廊下の奥にある第三診察室とい
うところに通された。引き戸を開けると、白衣を着た優しそうな男性がニコニコ笑って立って
いて、防水ビニール引きのテーブルのうえに、シナモンを連れてきたときのケースが置かれて
あった。壁には液晶モニターがかかっていて、シナモンのエックス線写真の撮影画像らしきも
のが投影されている。
「エキゾチック担当のノムラです」
彼はモトコにかんたんなあいさつをして、
「村崎シナモンさんね、ええと、飼い主さんの村崎さんから、夜にお電話をもらったんです。
許可を取って、朝いちばんで処置をさせてもらいました。本来ならここでも飼い主さんご本人
にお話しさせてもらうんですけど、まあかんたんな処置でしたので、これ、ここ、見てもらっ
て良いですか」
ノムラ先生はモニターに表示された画像のあるひとつの場所を指さした。示されたのは頭蓋
骨を拡大した鼻先の一部のようで、ただ、モトコはネズミの骨格の正解というか、理想の状態
を知らなかったから、いまの画像がどう異常なのかわからないでいた。
「不正咬合《こうごう》というのは、病気というか、個体の性質みたいなところがあります。元々ネズミっ

てずっと歯が伸び続けるから、たいていは自分でかじり木とか歯ぎしりとかで調整するんですけど、かみ合わせがうまくいかないと調整ができなくて、あごを傷つけたりしちゃうんですよ。だから不正咬合の個体は定期的に歯切りをしていて、シナモンさんにも以前処置したことがあったんです。今回は特に、ちょっと口の中に当たってる部分が良くなくて、化膿《かのう》してしまっていたんですよ」

そう言いながらケースのふたをあけて手を差し入れ、くったりしたシナモンを持ちあげてあごを見せてくる。膿《う》んでいたらしきあごが半分削られなくなっていて、その部分に濃い黄土色の薬品が塗られていた。もう麻酔は切れ始めているから起きてはいるけれども、きょう一日はふらふらしていると思うから、かごの外に出して散歩させるとかはしばらく避けてくださいね、とノムラ先生は説明した。それから、

「そうですねー」

と続けながらケースの中にシナモンを戻して、

「村崎さんにも何度かお伝えしましたが、不正咬合はかなりの個体で発生はするんですよ。その確率はけっこう高いです。年齢が上がるにつれて症状が出てくる場合もあります。遺伝も関係しますし、生活習慣やかじりかたの癖にも関係します。しばらくはスポイトで栄養剤や食事を食べさせてあげてたら、あごの骨も歯もある程度は戻るし、治療で剃った毛も生えてきますんでね。ただちょっと、もうずいぶん年を取っているみたいではあるから」

　それからノムラ先生はここまでより柔らかい、親しみのある口調になって、

「ペットっていうのは、定義だけで考えれば同じ家で暮らす別の生きもののことです。中でも特にエキゾチック、つまりイヌやネコ以外の生きものっていうのは野生に近いわけで、こうやって治療を受けながら長く生きていくということが本来の生きかたではなかったりもするんです。そんなことを自分の立場から言えたものではないんですけどね。ようはこういう子の歯は一生伸び続けているんですけど、本来ならそんなことが不都合になるほど長い一生でないということなんです。イヌやネコの爪もそう。歩き回って地面を掘って、餌をとったりたまに木で研いだりすることで自然に削れるようにできていて、でも、いまはそうしないように暮らすことで長生きしてもらうんだから、飼い主はときどき爪を切ってあげなくっちゃいけない」

　ちょっとのあいだ黙ったノムラ先生は、思い出したように、ふと、

「あと、これはちょっと厳しくお話しさせていただいてるんですけど」

　と言い足した。

「もうほとんど命がないものだからといって、最後は自然の中で自由にしてあげようって放しちゃう人がいるんです。法的には大丈夫なんですけど、いま日本にいるイエネズミの多くは基本外来種なので、というか飼育下の生きものは自然の中で命を終えるようにできていないので、それだけはやめてくださいと、みなさんにお伝えするようにしています」

　モトコは先生のそのことばを聞きながら、このノムラ先生はここに来るたくさんの飼い主に

これらのことばをかけることによって、生きものを飼っている人たちの、いくつかの覚悟を手助けするんだろう、と考えた。人間同士の家族でさえそういう気持ちにがんじがらめになる場合がいくつもあるのに、法律で守る義務も生じない、飼い主ひとりの意思でここに連れられてきたそれぞれの生きものの運命を飼い主が覚悟するのは、きっとすごく大変だろう。

シナモンの手術には二十七万円かかった。村崎さんからおろしておいてと言われていたお金は三十万円で、だからきっとちょうどぴったり、なんなら若干余裕を持って村崎さんは用意してくれていたんだろうとモトコは想像した。

それからペットショップでこういうものを買っておくといいというノムラ先生の助言を聞きながらメモを取り、プラスチックのケースに入ったシナモンを連れて帰った。

モトコは一度村崎さんのマンションに戻ってもとの飼育場所にシナモンを戻してから、ペットショップに買い物に行った。村崎さんの住まいからいちばん近いペットショップは、幹線道路に出て道路沿いを信号ふたつぶんほど行ったところのホームセンター敷地内にあった。モトコはそこで、流動食をあげるためのスポイトと、いくつかの栄養剤、消毒薬なんかを買った。レジに向かう最中、ホームセンターの売り場の棚に殺鼠剤《さっそ》が並んでいたのがモトコの視界に入った。手に取って、箱の表と裏を交互に見る。ネズミが両方の眼を「×」の形にしてすっ転んでいるかわいいキャラクターっぽいイラストが描かれていて、パッケージには「一セットでたくさんのネズミを駆除できます」と書かれ、八セット入りと書かれている。モトコはふと、このひと箱でどれくらいのネズミの命を奪うことができるのだろうと考える。たくさんの八倍。棚に戻すときに貼られた値札を見ると、税別六百九十八円と表示されていた。

＊

こんにちは、村崎さん。

無事にネズミのシナモンさんは退院してきました。無事といっても、いまのところあごが半分くらいになってしまっているので、最初はスポイトでご飯をあげないといけないみたいです。しばらくしたらソフトタイプのご飯なら勝手に食べてくれるとか。さっきあげてみましたが、まだ麻酔が抜けきってないためか、あんまり食べてくれませんでした。念のため、いまの状態の動画を添付しておきます。明日もそうやってみて、もしまだ食べてくれないようであれば、また先生が見てくれるようです。

村崎さんに教えてもらっていた通りで、とってもお金がかかったのでびっくりしました。コンビニでお金をおろしたんですが、こんな金額、持ち歩いたことがあまりなかったのでどきどきしました。本当に大丈夫でしょうか。念のため病院とペットショップの領収書の写真も添付しておきます。残ったお金は明日、口座に戻しておきます。

ペットショップが入っているホームセンターに、ネズミ駆除の薬が売られていました。こちらはとても安くて、そっちにもびっくりしました。ネズミを生かすのはあんなにお金がかかるのにと、関係ない上にちょっと不謹慎なことまで考えてしまいました。

わたしは生きものにくわしくないので、シナモンさんが元気になるまでちゃんと面倒を見ることができるのか、そこがいちばん不安です。では。

＊

村崎さんからのメールは、またお詫びから始まっていた。添付されているデータは動画ファイルだった。たいした重さのデータではなく、まるでデジカメのモードがうっかりムービークリップになってしまっていた、撮るつもりもないのに持ち歩いているときに作動して、つい撮られてしまったとでもいうようなごく短いものだった。最初に暗い状態が数秒続いて、それからなにか明るい光が差し、そのハレーションがまた数秒。説明もなく、映像がどこで撮られ、なにを映したものなのか、モトコにはぜんぜんわからなかった。

＊

篠田さんへ

こんにちは、というか、まず、ほんとうにごめんなさい。手間ももちろんですけど、心にもすごく負担をかけてしまいましたよね。突発的な事象とはいえ予想できたはずのことなので、こちらの考えが足りなかったと反省しています。

命の責任についてですが、どうか、ひどく気にしすぎたりしないでください。その部屋にいる小さい生きものたちは、飼育しているいまの状態では野生よりずっと長生きしているものばかりで、もともとが何年も生きるための体を持っていない生きものもたくさんいます。ですから、あるときふと動かなくなっているなんていうこともきっとあると思います。もしそうなっていたらメールをください。ぼくがいつもお願いしている小動物用の火葬霊園をこっちから頼んでおくのでそこに行ってもいいし、もし命をなくしたものについて何かをするのがしんどいとかいうことがあれば、ほかの人に頼んでみることもできますので。

ぼくは子どものころ、暮らしている場所の事情で生きものを飼うことができませんでした。だから、生まれて初めてなにか生きものを飼い始めたのは大人になってひとりで暮らし、働き始めてからです。その生きものは、ふつうのネズミでした。シナモンさんのようなペット用のものじゃなくて、ほんとうにふつうの、街にいる、いわゆるドブネズミです。そのときアルバイトしてた倉庫の捕獲機にかかっていたもので、ぼくが処理するように指示されたものでした。あのとき先輩アルバイトの吉岡さんは「またか」というようなことばを漏らしていたし、そこでネズミの始末をするのは新人の仕事だったらしく、始末のしかたをやってみせると吉岡さんは申し出てくれましたが、ぼくはまるでそういうことに慣れていて大丈夫ですといったふうを装って、捕獲機の中のネズミをふたのついた空き缶に入れてロッカーに隠し、こっそり持ち帰りました。子どものころ狭くて清潔な場所に暮らしていたぼくにとって、定期的に捕獲機にあんな生きものがかかっていることが、そんな場所が同じ街にあることが、なんだか信じられませんでした。

家に持ち帰って何度かかみつかれながら（最初は、消毒のしかたが雑だったのでけっこう腫《は》れてしまいました。シナモンさんはぼくをかんだことはないし、たとえかまれても腫れることはないと思いますが）お風呂に入れて、箱に寝床を作って、餌をあげて、それでもそこまでは長生きしなかったと思います。そのときぼくはけっこう悔しくて、だから図書館でいろんな本を読んだり、動物園やペットショップに行ったりして、本来ネズミはどんなふうに生きているのか、どのくらい生きるのかということを知っていきました。そこで働いているあいだ、ときどき捕獲機にネズミがかかっていることがあって、そのたびに持ち帰り、けがや病気をしていたら調べながら治療もしたし、世話がうまくいって長生きしていくのを楽しんでいました。その秘密の、おそらくはそれなりに違法であろう楽しみは、新しい木村くんというアルバイトが入って、捕獲機の管理が木村くんに移ると決まったことでおしまいになりました。ぼくはそのタイミングでアルバイトを変えたので、木村くんにネズミの始末のしかたを教えることはせずに済みました。きっと、吉岡さんが教えたでしょう。ぼくはそのころネズミを長生きさせることにはすっかり詳しくなっていましたが、始末のしかたは最後まで知らずじまいでした。

　ネズミに限らず命っていうものは、消すよりもある状態を維持するほうが大変なようにできているんだと思います。ワクチンをうつのに数千円かかるけど、銃弾が一発数十円だったり、銃弾を受けた子どもからそれを取り出す手術代が三百万円かかったり、ってのと同じ理屈かもしれません。まあ、生きものの命を奪うのに棒とか石とかを使えばタダではあるけれど、命をうばうためだけに作られた道具っていうものは、むだがないから使い勝手が良いのかもしれないですし。

　そういえば、フグ一匹には三十人くらいの人間が命を落とす毒があるらしいです。とはいえフグも人間の命をうばうために毒を持っているわけではないだろうし、たまたま人間が食べてひどく苦しんだだけで、しかもフグ、それでも獲り続けられて現在も食べられ続けているわけですから。ちなみにフグで計画的犯行ってあんまり一般的な話題にはならないですけど、それって、毒が安定しないからなんだそうです。個体差とか、季節によって毒性が薄れたりするとかいうこともあって、すごいときのすごい部分の毒は大変らしいんですが。まあ毒というものはつまり、私たちの命がたまたまその物質に弱い、というだけのことにつきるわけで。

　あ、お金のことは本当に気にしないでください。そもそもはぼくが約束ごとを守らないで予定より長くこっちにいること自体に非があるわけだから。本来なら生きものの世話に対するお給料を払わないといけないくらいの立場なわけですし。口座にはそのつど、定期的に見て使ったぶんを入れておきますので、判断して必要だと思ったらぜひ使ってください。こっちに相談はいらないので。では。

＊

メトロにシナモンを乗せてもいいものなのだろうか、人生でずいぶん長いことメトロに乗ってきたはずのモトコは、そのことを知らなかった。イヌやネコがケージやカバンみたいなものに入って運ばれているところは見たことがあるけれど、じゃあキンギョは、ウマは、ネズミはどういう約束ごとになっているんだろうか。

東京メトロの公式な情報を検索する限り、ネズミに関してはなにも触れていなかったけれど、イヌ、ネコ、ハトその他の生きものについては、決まったサイズ以内の専用容器に入れていればなにも問題ない、きっぷも必要ないということらしかった。自分の力で飛べるハトみたいな生きものが、なんでよりによってイヌやネコのほかにメトロで移動する生きものとして言及されているのかはよくわからないけれど、すくなくともシナモンはハトより確実に小さいし、そのうえハトは飛べるけれどシナモンは飛べない。だからというわけでもないけれど、ハトが大丈夫ならシナモンは大丈夫だろうという気はした。モトコはシナモンをプラスチックのケースに入れたまま紙袋に入れ、抱えて昼、さほど混まない時間帯の車両に乗って家に連れ帰った。

モトコは玄関に入りながら、父も母もいない家にほかの生きものをこっそり持ちこんだことなんてあっただろうかと思い起こす。自分の部屋まで入ってすぐ机にケースを置いてのぞきこむと、小さく丸まってあたりをうかがうシナモンに向かって、すこしのあいだだから我慢して、と、声に出さず思う。

　自分の力で餌を食べられない生きものをあの部屋に置いておくことが、モトコにはどうしても不安だった。移動や食事の不安はモトコの部屋にいてもあるわけだし、寝るときにそばにいるかどうかのちがいだけで、どうせ仕事のときは家を空けるのだから同じことだとも思いながら、つい連れ帰ってきてしまったものの、ほんとうにそれが正しいことなのかどうかもよくわかっていなかった。知らないところで勝手に動かなくなってしまっているということのほうが不安なのかもしれない。

　村崎さんのマンションでずいぶんと気になっていた生きもののにおいは、シナモン一匹だけだとほとんど感じることがなかった。自分の鼻が鈍ってしまっているのかもしれないと不安だったモトコは、でも、夜、父や母がなにも言わなかったことで、ひとまず大丈夫なのだろうと安心した。

　村崎さんのマンションから持ってきたマウス用の餌を砕いて水を加え、処方された抗生剤と買ってきた栄養剤を混ぜて練り、スポイトに詰めて鼻先に近づける。削られてしまって毛もないあご先が上がった。かすかに動いた口元に差し入れると、シナモンは思いのほか力強くそこに喰いついた。骨や毛がすこしでも再生すれば、自分でも食べるようになるだろうとノムラ先生は言っていたけれど、それがいったいいつごろなのか。とても長い年月が必要なのかもしれないし、それまでにシナモンの寿命が来てしまうかもしれない。モトコはネズミの平均寿命どころか、いまシナモンが何歳なのかさえ知らなかった。

＊

村崎さん、こんにちは。

きょう村崎さんの家からシナモンさんを連れてきてしまいました。ご飯や水をあげることだとか、薬をあげることにどうしても不安があったので。病院に連れていくときもそうですけど、相談もせずに勝手にやってしまって、余計なことだったらすみません。

生きものを飼ったことはお祭りで掬《すく》ったキンギョぐらいしか経験がなくて、それも何週間、何か月生きたかなんて覚えていないくらい自分の人生の中で別の生きものと暮らした記憶がないので、こんなふうに命の面倒を見るようなまねをしていて大丈夫なんだろうかと不安になっていましたが、なんとなく、家族と暮らしたり、転んで足を悪くした親戚の心配をしたり、職場で人と仕事をしたりするのと変わらないようにふるまっていいのかもしれない、と思うようになってきました。いまのところ、インターネットの検索と、本屋さんで小動物の飼いかたという本を買ってきて、気になったときにそのことについて調べる、という以上の特別なことをなにもしていません。でも、もしも村崎さんが、こういうことをしたほうがいい、という特別なことを知っていれば、言ってください。では。

＊

今回届いた村崎さんのメールは、タイトルも文章もない、つまり空メールで、写真が添付されているだけだった。その数枚の写真を見てモトコは、きっとこれはアメリカの国の中のどこかだと思った。なぜならコーカソイド系の人種がたくさんいるその場所は野球場だからだった。野球にたいして詳しくないモトコにも、イギリスやオーストラリアみたいな場所、つまり英語があたり前に表示されているアメリカ以外の場所には、こんなふうに大きな野球場がほとんどないことを知っていた。「S」と「D」という二文字をくっつけてデザインしたらしき黄色いマークのついた、黒い帽子をかぶっている人がいる。

村崎さんが送ってくる画像を、モトコは場所当ての謎解き遊びのようにながめていた。それがとても難しいものに思えるのは、そこにわかりやすい目印が写っていないからだ。たとえば富士山や東京タワーが写っていれば日本だとすぐわかる。海外でもピラミッドや自由の女神ほどのわかりやすいランドマークじゃなかったとしても、そのへんの道路標識とか、建っている建物の看板が見えるなら場所の想像がつきやすい。なのに、村崎さんの写真には、そういったものが写りこむことがなかった。そういう場所の目印がない場合、世界のいろんなところ、特に人がたくさん集まっている都市部のビジネス街や官庁街の風景というものは、どこも似たり寄ったりだった。

大きな野球場というのは、日本でもとても重要な目印になる。モトコはいままでの人生で何度か野球場に試合を見に行ったことがあって、そのうちの二度は父親と一緒だった。一度は、水道橋にある東京ドームだった。そのころモトコはまだ子どもで、母と姉と、家族全員で行った。あれはプロ野球の試合ではなくて、父親と仕事のつながりがある会社の社会人チームの試合だったのだと思う。応援がにぎやかだったけれど、野球の試合自体はあまり強い印象がなかった。モトコはどちらのチームが勝ったかも覚えていない。

もう一度は大学野球の試合で、そのころすでにモトコは大人になっていて、仕事帰りだった。神宮球場の前にある小さめの広場で父とその会社の人たちと待ち合わせをしていたので、モトコは外苑前駅から球場に向かう途中のセブン-イレブンでペットボトルのお茶とレジ横のからあげのパック、じゃがりこやポッキーなどの、屋外でも素手で食べやすそうなお菓子をいくつか買って行った。父親のほかに、父親の会社の人が三人いた。ふたりは父よりすこし年下の夫婦で、もうひとりはモトコより四歳ほど年上の男性だった。どうやら四人の出身大学が同じで、その大学の野球部の試合だったらしい。といっても、モトコの父はもちろん、その場に集まった社内の人の全員にその野球部に関係していた人たちはいなかったので、この集まりがどういう種類のものなのか、単に同じ大学の卒業生だからだったのか、モトコにはよくわからないでいた。父の卒業した大学は大きいため学生も多く、野球だけでなく、年始には箱根駅伝でも名前が挙がる。そのため社会の中で卒業生としてつながる縁も多少はあったんだろう。そのモトコより四歳年上の男性からは、三度ほどご飯を食べようと連絡があって実際に仕事終わりに食事をしたけれど、そのうち連絡は来なくなった。

二度の野球観戦でモトコが気づいたのは、父親がさほど野球が好きでもなく、とくだん詳しいというわけでもないことだった。なにかのことで投手か捕手かがとがめられ、ランナーが前のほうに動いたタイミングがあったけれど、それについてモトコがたずねても「ボークだ」という答えが返ってきただけで、それが具体的にどこで行なったどんな動きがどうダメなのかについてはあまりわかっていないようだった。

そのあともモトコは何度か父親以外の人間とも野球場に試合を見に行ったことがあったけれど、どれも野球の試合自体の印象は薄かった。どっちが勝ったか、だれがホームランを打ったかも覚えていない。試合が終わった後にお酒を飲みながら、あれが良かった、あれが良くなったと話しているのをぼんやりと聞いていることが、社会の中でやっていくためのひとつの方法みたいに思えた。あまりよく知らない歌手が歌うときの紅白歌合戦だとか、そこまでファンではないコメディアンが渾身《こんしん》のネタを披露するのを真剣に笑い、論じるお笑いの大会みたいに。

＊

篠田さん、こんにちは。

ぼくに関する記録された資料のうち、残っている中でも特別古いものは、幼稚園の誕生日のときに作らされた見開きのカードでした。カラー画用紙にスモック姿の自分の写真が貼ってあって、自分の字で書かれた名前と、幼稚園の先生が書き入れた身長と体重、先生からのひとことによれば、ぼくが子どものころになりたかったものは〝探検家〟だったらしいのです。ただ考えてみれば、探検家というものは現在の社会では具体的にどこかの場所を探検するだけで宝箱を発見できてお金が入ってくる仕組みにはなっていないので、だから具体的な職業名でいえば、学者とか作家、あるいはタレントや写真家みたいなものになるのでしょう。

ルース・ハークネスという女性のことは、日本ではあまり知られていないかもしれません。もともとは服飾デザイナーで、のちに探検家になりました。当時のヨーロッパの人たちにとって探検をするべき場所というのはとても広くて、アフリカや中国などのアジア、おそらく、日本もその範囲に入っていました。きっと探検家というものは、いまのぼくたちが思うよりもずっとフレキシブルな職業だったのだと思います。考古学者や作家、エッセイスト、タレントだけじゃなく、美術商や旅行ブロガー、デザイナー、いまならメルマガの配信者とでもいったふうに。

彼女はパートナーの男性が探検の途中に目的を果たすことなく命を落としたため、自身が探検家となってその志を引き継いだのだそうです。彼女は中国の山奥で、中国系アメリカ人探検家ヤンの協力を得て一頭の子どものジャイアントパンダを捕獲して帰国しました。ちなみに野生のジャイアントパンダを捕獲する場合は、子どもであることがほとんどなのだそうです。ジャイアントパンダの母親はふだん子どもを連れて歩きません。木のウロやヤブに自分の子どもを放置して竹を食べに行きます。その習性を知っている現地の人は、ジャイアントパンダの暮らすエリアのヤブを探すんだそうです。

その一頭はヤンの義理の姉の名前を取ってスーリンと名づけられました。スーリンはハークネス自身が哺乳器でミルクを飲ませ、飼育容器ではなく部屋で一緒に暮らし、帰国時も抱いて運んだので、彼女に大変よく懐いていたそうです。

これによって記録上、アメリカの国に住む人々が初めて生きたジャイアントパンダと出会いました。

＊

モトコの小学生のころに限らず現在でも、なりたい職業のランキングというのはずっと男女別で集計されている。よっぽど特殊な職業でもなければ、いまはどんな仕事にだって男性と女性が、同数とは言わないまでも存在している。ただ、すくなくとも村崎さんの子どものころの日本だったら、なれる職業というものが性別によってけっこうなちがいもあったんだろう。そのころの男の子どものなりたい職業の一位というのはプロ野球選手だったらしい。当時まだＪリーグは発足していなかったし、足の速い子どもも体の大きな子どもも、体力ある子どもは地域の少年野球チームに入っていた。小さいころ、モトコがなりたかった仕事はどんなものだったろうか、パン屋さんとか、ケーキ屋さんとか。ときにはお嫁さんという夢を語る人もいたとは思う。否定こそされなかっただろうけれど、モトコが子どものころにはすでに女性が社会で活躍することを良しとする風潮ではあったし、お嫁さんをしながらお医者さんにもなれるんだよ、という雰囲気もあったのは確かだった。

村崎さんのマンションのポストは、書籍程度の届けものであれば入るくらいの配達ボックスを兼ねていて、ただ、そこに郵送物の類が入っていることはほとんどなかった。村崎さんの話を信じるなら、村崎さんは住民票の上でこの部屋に住んでいることになっていないらしい。ポストに入っているものはほとんどが近くにできたデリバリーのタイ料理店や寿司店、不要品回収とかいったポスティングチラシの類だった。だからこの日ポストの中に入っていた郵送物に気がついたモトコは、ひょっとしてこれは何日も前に届いていたのを気づかなかっただけなのかもしれないと不安になる。郵送されてきたその小さな包みは二、三十センチメートルほどの長さの、片手でつかめるほどの太さをした筒状で、手に取ると見た目から想像していたより重くて、手触りに柔らかさを感じる。外側の薄く茶色い紙には、この部屋の住所が印字されたラベルが貼られている。発送元の住所はたぶん中国だった。たぶん、というのはそのラベルに表示されているのが日本語ではない漢字だったので。だからそれがひょっとしたら台湾なんかの、別の漢字文化のところかもしれないけれども、モトコにはくわしいことはわからなかった。モトコはトートバッグの中にそれを放りこみ、マンションの部屋の中に入ってからひととおり決まった手順で生きものたちの、正確には生きものたちの設備の世話をこなしてから、キッチンでその包みを開けた。それはさらに薄い紙に包まれ、使い古された布が巻かれていた。ぐるぐる巻かれていたガムテープをハサミで切りながら布を取り外すと、中身の入っていない空のガラス瓶が姿を現した。胴の半分より上あたりに『可口可乐』とプリントされている。

モトコは毎年、花粉症の時期のうちとてもひどい一定期間、たいてい一、二週間ほどは、世界のにおいというものがまったくわからなくなる。花粉症での嗅覚の異常というものは、たんに粘膜の炎症によるものがほとんどで、ただ、ときに脳の神経のほうに影響が出て感覚がまひしてしまう病気が隠れている場合もある、ということらしい。

日本という国は、経済成長がいちじるしかった一時期に単一の植物、育ちが早く木材に加工しやすい樹木を国策で大規模に植えたので、それによって国の中で一定の期間、ひとつの植物の花粉が自然の流れであるべき量を大きく超えて飛散することになった。そのため日本人のいくらかの割合の人たちは、その植物の花粉にアレルギー反応を起こすのが決まりごとみたいになった。経済成長が終わった後もその植物はあたりまえみたいに育ちつづけ、ずるずるとその周囲に暮らす多くの人たちを苦しめつづけた。モトコの鼻が利かなくなる短期間、その不便さはあまり周りの人に理解されなかった。目が見えない、耳が聞こえないというのははっきり不便さがわかるけれど、鼻が利かないというのは食べ物のにおいがわからないとかいうちょっとした不都合だったりするから、場合によっては街や人のくさい部分に気づかないし、かえって都合がいいくらいに思われることさえあった。

ただ、においがわからないというのはもうちょっと深刻な、危険の回避にまつわる問題なんだと、モトコはいつも考えていた。

モトコのアドレス宛に届く村崎さんからのメールは、初めの一通こそそれほど長いものではなかったけれど、そのメールはすこしずつ、でもどんどん長くなっていった。他愛のない雑談でしかないように見えて、その何気ない言葉に重要なメッセージを潜ませたものなのかもしれないという気もする。ただそうであったとしても、モトコがその答え合わせを試みることは、なかなか難しいことだった。

今回のメールも、生きものたちの世話に対するお礼のことばから始まる。それから村崎さん自身の近況に続いた。

　モトコは村崎さんから面接に行くために海外に行くと聞かされていたはずだったし、実際そのすぐあと村崎さんは職場から姿を消してしまった。村崎さんから送られてくるそのメールに、モトコはたずね返したいはずのことをたくさん残している。

＊

篠田さんへ
瓶はもう届いていますか、それは、旅先で手に入れたものです。お土産というにはちょっとどうしようもないくらい役に立たなそうだし、特別にきれいなものでもなく、そうして逆に古くて味がある、というほどの骨とう品でもありません。せいぜい、ちょっとばかりレトロ趣味でローカルな雰囲気のある小物のひとつ、というくらいのもの。これは、蚤《のみ》の市っぽいマーケットの露店で買いました。きっとどこか探せば中身の入った新品も売られているかもしれません、あの、一緒にお昼を食べた中華屋のような場所がこちらにあるなら、注文したらふつうに出してくれるかも。と言っても、いまこのあたりのお店で手に入るたいていの飲みものは日本と同じようにペットボトルに入っています。
日本で売られているこういった瓶の表面にも、昔はカタカナで「コカ・コーラ」とプリントされていました。これがオリエンタルで良いと海外でもひそかに人気だったそうです。

＊

ここまで読んで、そうか、これはコカ・コーラの瓶だったんだ、とモトコは気がつく。でもそれからすぐ、また何か別の変な感じがした。目の前の瓶は、このメールを書いて送った村崎さんの手元にあったのと同じものだろう、でもなにかがちがう。メールを見ながら瓶を手に取り眺めていて、ふたたび気づいた。ガラス自体の色が透明だった。モトコにとってあの飲みものの瓶のイメージというのは、あの微かな緑色のガラスの印象に強く由来していた。

＊

ぼくの父親は技術者でした。都内にある、町工場からすこし大きくなったというくらいの規模の会社に勤めていました。いやきっと、いまも働いているんじゃないかな、なんというか、ずっとそういうふうなんだろうという人でした。日曜日には大抵家でテレビをぼんやり見ていたけれど、たまにぼくからなにか言われたりして気が向くと、原付スクーターの前に乗せてくれて、近場の観光地めいた所に連れていってくれることがありました。台東区だったから、ほとんどが浅草か、あるいは上野動物園。

上野公園は行列がとても似合う場所だと思っています。かつて世界でかなり有名であろう両腕のない女神像が来たときも、また、世界でいちばん有名な絵画として思い浮かべるあの女性の肖像画が来たときも、公園の中にある建物から延びる行列は、けして狭くはない公園の周囲を何周も囲んだらしいです。あれだけめんどうくさがりの父でさえそれを見に行っていたそうだから、そもそもほとんどの日本人は行列だとか混雑だとかがわりと好きな民族なのかもしれません。

幼いころの、公園の行列にまつわる記憶は動物園でした。公園の敷地内にある動物園に、中国から、つがいになった二頭の、白と黒にいい感じに塗りわけられたクマがやってきました。上野の近辺にはその当時から、あらゆる商売をする店が密集するアメ横っていう街があるけれど、そこだけでなく公園にも屋台がたくさん出ていたんです。白黒の動物をデザインするのに商標権なんていうものは発生しないので、土産ものに限らず、そこでの売りものはなんでもその生きものの形をしていました。饅頭《まんじゅう》や煎餅、綿菓子、チョコレート、キャンディの袋にもとりあえずすべて、その生きものがプリントされていて、そう、手ぬぐいも帽子もぜんぶ。ぼくは原付スクーターで来たから大きなぬいぐるみなんかは買ってもらえなかったけれど、シールシートとか、白と黒で塗りわけられただけみたいな鉛筆だとか、ウシにも見える動物型ケシゴムとか、そんなかんたんなものを買い与えられていたんだと思います。動物園を出たあたりが広場になっていて、その脇には小さな遊園地があって、そこにもその生きものの形の乗りものができていました。ただ、それは形だけを見ると、ひょっとしたら以前はクマとかトラの乗りものだったのを、上からスプレーペンキで白と黒に塗られてしまったものだったんじゃないかなあ。その生きもののイラストが入った笛やうちわが並ぶ屋台の横には、紙の袋に入ったハトの餌が並んだ売り台がありました。動物園の前にある広場には丸々と太ったハトがたくさんいて、小さいぼくの手のひらはおろか頭の上や肩に群がってきていたから、かなり怖かったのを覚えています。

あのころ未就学の幼いぼくには知る由もなかったけど、周恩来と田中角栄が日中共同声明に調印した、記念すべき二国の友好の証としてやってきた二頭のその巨大（名前の、多くの場合略されていることとの多い冒頭に〝ジャイアント〟とあるように、その動物は大変に大きかった）で愛嬌たっぷりの生きものを見るために、全国の人々が集まってきていました。かわいいというだけで見に来たぼくのような子どものほかに、これから明るい未来がやってくるという、それを寿《ことほ》ぐために、歴史の証人となるべくやってきていた人もいたかもしれません。そのせいか、ぼくと父が何時間並んでも、人ごみに紛れてほんのちょっとしかその生きものの姿を見ることはできませんでした。広々とした場所で、その生きものはほとんど遊具の陰に隠れていたのだと思います。こういう人ごみが苦手な父はすっかり疲れきっていて、原付スクーターに乗りながらずっとぶつぶつ文句を言っていました。「客寄せパンダ」という言いかたはあのときまだ使われていなかったと思うけれど、あの行列のすごさを体験していた人なら、そのことばはつくづく身に染みて響いたんじゃないでしょうか。

蔣彝《チャン・イー》、という二十世紀の頭ごろに中国で生まれた文化人というか、作家？がいるんです。彼は官僚学者の父親が書画に詳しかったため、もともとの教養はあったようなのですが、当時の中国ではさほど有名ではなかったらしいです。でも留学先のイギリスで、中国文化の紹介者として彼はとても有名になりました。彼の、スケッチを交えたヨーロッパの旅行記はとても人気で、イギリス国内ではよく売れたようです。ただ、彼のやりとげた仕事のうち、中国でももっとも知られている功績はふたつあって、ひとつは最初にジャイアントパンダを絵画作品にした中国人であること。これは、まだ中国ではそこまで全国的に注目されていなかったジャイアントパンダをロンドンで見て感動した彼がたくさん作品に描き、絵付きの童話なども出版したということが知られています。そうしてもうひとつは、コカ・コーラに『可口可乐』という字を当てたこと。読みも不自然でなく、「楽」の簡体字の入ったそのことばは意味的にもとても良いものとして広まり、いま売られてる缶にもペットボトルにもプリントされています。

なんだかこちらでは日本語で話をする相手がいないので、つい長々とどうでもいいことを書いてしまいます。読み流してもらってもいいですが、なにかたいせつな用事がある場合とか、聞かれたことの答えはなるべく前のほうに書いておきますので、残りはとりたてて読む必要もないものばかりかと思います。なら書くのも無駄といえば無駄なのですが、ひまなときにでも読んでくだされば。では。

＊

モトコが上野で行列を体験したのは十歳くらいのころ、タクラマカン砂漠という場所で発掘され来日した美女のミイラが展示されていたときだった。母が職場で二枚チケットをもらったので、父と姉とモトコの四人で行き、現地で子ども二枚ぶんのチケットを買って入ったか、もしくは子どもは無料だったかもしれない。

シルクロード、というのが具体的にどのあたりのことを指すのかモトコは大人になったいまでもよくわかっていない。あのときはたしかミイラだけが展示されていたのではなくて、出土したいろいろなものが地図や解説と並んでいた。ただ、小学生のころのモトコが覚えていたのは、あのときの、ものすごい数の入場者だけだった。十五年くらい前のモトコには、あの当時の日本人がなんであれだけシルクロードの砂漠で見つかった遺跡に興味があったのかわからなかったけれど、大人になったいまのモトコにはなんとなくわかる。みんな、美女のミイラが見たかったんだ。

あのとき、美女のミイラの部屋は入場制限で列ができていたし、入っても立ち止まることさえできずに眺めて通り過ぎることしかできなかった。モトコには美女のミイラが、もともと美女だったのがミイラになってしまったのか、命を失った後になってから美しくミイラになった女性なのかわからなかったけれど、黒ずんですっかり干からびていたのと、展示室の壁面には科学的に分析された当時の彼女の姿が描かれた復元図が展示されていたから、きっと前者なのだろうと考えた。

ミイラというのは自然にできるということはめったにないらしく、たいていその周りの人たちが、なにかの防腐というか、保存処置のような加工をしている。その処置に使われるさまざまな薬品というのは、生きている人間にとっては毒だったりもする。考えてみれば、防腐や防虫というものに使われる薬は、微生物や虫、いろんな生きものを寄せ付けないようにするためのものなのだから、つまりは人間にとっても多少は良くない成分である可能性が高い。だとしたら命を失ったあとになってからじゃないと体に使うことはできないものだ。そもそも薬というものはたいていの場合、強すぎれば人間に良くないものになる。虫よけだって抗生物質だって、人間より小さい生きものをやっつけながら人間には大丈夫な程度の〝毒〟なわけで、だからたくさん使いすぎると人間にだって都合が悪いんだろう。

ただ、この美女はほとんど自然にうまいことミイラ化し保存されていたらしく、内臓もすべて入っている状態で見つかった。これはとても珍しいことらしい。命を失ってすぐの体内にかなりの水分がある生きものが腐るときは、たいてい外側にある雑菌ではなくて、体の中にある排泄物や内臓にある微生物から始まるから、ミイラでも剝製でも、まず行なう処置は内臓を取り外す作業になる。どんなに空気が乾燥して無菌状態だったとしても、それをまったく加工しないまま腐敗させることなく保存できるなんて、ふつうではありえないことなのだそうだ。

あのとき、楼蘭の美女の本物ときちんと対面できたか、モトコは覚えていなかった。そのほかの、タクラマカン砂漠のようすだとか副葬品らしき造形物、女性の復元画、人ごみの温度やにおいは明確に覚えていたのに、まちがいなく展示の大目玉だったろう、あの、大昔に命をなくした女性の体については、すっかりモトコの記憶の中から消えてなくなってしまっていた。

今回、村崎さんから届いたメールに添付されていたのは写真でも動画でもなく地図だった。スクリーンのコピーではなくPC画面に出された地図をカメラで撮ったもののようで、端のほうの情報が反射してうまく写っていないように見える。思うに、情報を書きこみたかったんだろう、画面上に直接赤い丸が貼りつけられている。添付された地図は数枚あって、それらはすべて、日本のどこかだろうとモトコは推測した。そうして、そのうち一枚はモトコの知っている場所だった。

＊

篠田さん、こんにちは。ぼくはやっと移動から落ち着きました。仕事のことはどうやらめどがつきそうです。あとひといき、うまくいったら夏前までには戻れそうです。といってももう初夏ですよね。ほんとうにすみません。

申し訳ないのついでがたくさん出てきてしまうんですけれど、いくつか調べもの、というかお使いごとを頼みたいと考えています。お送りした地図の場所すべてに行ってほしいということではなく、そのうちのひとつでもいいので、見てきてほしい、ということです。忙しいだろうから時間のあるときついでに、ぐらいの気持ちでお願いしたいし、もし気が乗らなかったらこのお願いごとはまったく無視してもらっていいです。

インターネットは便利ですし、なんでも調べられるんですけど、現実的に考えると、いろんなことを正確に知ることはあんがい難しいと思っています。国によっては情報がマスクされて調べることができないものもたくさんありますし、そもそもまともにインターネットがつながるところばかりじゃないことも。

もちろん、現地に行くことでしか確認できないこともたくさんあって、ぼくはこっちにそういったことを確認しに来ているわけだから、それはそれでうまく進んでいるという部分もあります。たとえ同じ情報でも、文字で見るのと話を聞くのと、実際に見るのとはずいぶんちがいます。文字を看板で見るのと、看板を写真で撮った画像を見るのとで受け取る情報の量がちがうように。それに、ぼくがそちらにいたとき充分な準備をしていたはずのことでも、来てみると意外と足りないものがたくさんあって、それを確認してきてほしいというお願いも出てきてしまっています。

お願いしたいことに必要な情報については、添付した地図に書きこんでおきました。見づらかったら言ってください。地図の現物を郵送することもできます。ただ、ここから送ると時間がかかるんですよね。移動させる距離やエネルギーは変わらないはずなのに、そちらからこちらに送るのと、こちらからそちらに送るのとではずいぶん手間や時間が変わります。なにかを運ぶ技術がどれだけ発達しているかのちがいに加えて、これからはぼくの見解ですけど、要は情報の意味がちがうんだと思うんです。こちらで撮った写真を一枚そちらに送るのと、そちらの写真を一枚こちらに届けてもらうこととの意味のちがいは、どうやらぼくみたいな人間が思うよりもずっと大きいことなのかもしれません。

このお願いごとの実行については、例の口座から必要なお金をいくらでも引き出して使ってください。移動や調べものに関わるお金はもちろん、すこしは気晴らしもしてほしい。このお願いだけでなく、いままでのお願いの時点でも、ずいぶん手間をかけているので。

本当に助かっています。これは、たとえ話でもなんでもなく、うちにいるたくさんの生きものにとって、あなたは神様です。

仏教の世界では、生きものを逃がすというのは救いで、つまりその生きものを助けることがとても良いことだとされています。かごの中の鳥を空に放すこと、桶の中の魚を川に放すこと。生きものは本来自由であるべきで、自由な中でなにか自然の力にあらがえず命を落とすのであれば、それはその生きものの幸せのうちだという考え方です。

生きものを飼っている人の中で、生きものを逃がしてしまった経験を持つ人はそこそこ多いのではないかと思います。あれはほんとうに嫌なものです。手の中からリードが離れてしまった、あるいは捩《よじ》る首から首輪が抜けてしまった、なにかの振動でかごのふたが開いてしまった、窓が数センチ開いていることに気がついてしまった、その瞬間の、あの、不安で、心細くて、悲しくて、ひゅっと心臓が縮むような経験。放たれた生きものさえ、その自由さに困惑しているふうにも見えるその持て余すほどの自由の瞬間。ひょっとしたらあれは、自分の腕の中で生きものが息絶えることよりもずっとずっと寂しい経験なんじゃないかとさえ思います。宇宙で命綱が切れた瞬間にも似ています。経験したことはないですが。とにかく、ああいう人間の側の一切の約束からの拒否の瞬間、自然の果てしなさの中に放り出される瞬間、あれはほんとうに、うんざりするほど嫌なものなのです。

たとえばそれが、こちらから手放す場合はどうなのでしょう。ケガをした野生動物をつい拾い上げてしまい、治療を終え野生に戻すとか、産まれた稚魚を川に放流するとか、そういった、自然の厳しい約束ごとを承知でこちらから命綱を手放す場合です。

自然というものが厳しく、弱い生きものの多くが命を落とすことを前提としているなら、ケガをした野生動物はその時点で手を伸ばされるべきではないのかもしれませんが、そこは人間も広くとれば自然の一部ですから、見てしまって伸ばせる手を持っていればうっかり伸ばしてしまうのが本能というものです。生きてきた中で得た知識で助けることができるなら、それをうっかり使ってしまう。それはおそらく仏教徒でもキリスト教徒でも、アナーキストであってもそうなんじゃないかと思うんです。

宋《ソン》三姉妹という、中国の人々にはとてもよく知られている有名な姉妹がいます。ひとりひとりの数奇な運命については、ここに書いていてはきりがないので省きますね。その姉妹の三女、宋美齢《メイリン》は日中戦争の時代に活躍した人です。もともとアメリカで長く学んでいたため、アメリカとの関係を重視していたそのころの中国で彼女は重要な役割を果たしました。日中戦争でアメリカを味方につける必要に迫られた中国は、宋美齢の提案で、戦争による中国難民に対する米国の援助に対するお礼として二頭のジャイアントパンダをアメリカに送ることにしました。ジャイアントパンダは重慶を出発し、中国とビルマの国境を越え南下してラングーンの港まで、そこから船で香港とマニラ経由でハワイに入り、サンフランシスコに到着するという、当時、中国国民軍、つまり蔣介石を援護するために作られていた〝援蔣ルート〟のうちの一本、通称ビルマルートを利用して送られることになりました。なにより問題だったのは太平洋上で、ジャイアントパンダを乗せた船がハワイに到着する予定日に運悪く真珠湾攻撃が行なわれたことです。そのため海路は変更を強いられましたが、なんとかサンフランシスコにつきました。

そのころすでにアメリカの人たちはジャイアントパンダのかわいさに夢中でした。これより数年前のアメリカに初めて連れて来られたスーリンによるブームのときには、テディベアを生産しているシュタイフ社がパンダベアを発売して大ヒットしていたし、ルーズベルトジュニアは、かつての探検でジャイアントパンダをハンティングしていたことを反省し、悔いていました。ジャイアントパンダはもうすでにあのころの、男らしいアメリカ人のハンティングのトロフィーなんかではなくて、この短期間であっという間に保護するべき愛らしい希少動物の地位を確立していました。

これがジャイアントパンダが政治的に贈りものとなった最初の例です。

＊

家に帰るとダイニングテーブルに「なみ木」のいなりずしが置いてあったので、モトコはキョウコが来たのだと気づいた。姉のキョウコは二年前に結婚をして、東京の別の街で別の世帯を作っている。在宅で働いている姉は打ち合わせや何かでこのあたりに来るときはついでに家に寄るものの、携帯で連絡のひとつでも入れればいいものを平日の昼間なんの予告もなしにやって来るから、たいていはこうやってだれもいない家に、いまだに持っているらしき合鍵で入ってきて、勝手にいろいろ置いて帰っていくみたいだった。いなりずしをふたつ小皿に取って、緑茶のティーバッグをマグカップに入れてポットのお湯を注いでから食卓に座り、モトコは手元の端末で姉に電話をかけた。姉はすでに自分の家に帰宅していて、平日の昼間にいい大人ばかりの家族が家にだれひとりいないで、外で働いていることへの不満を口にした。モトコのほうは姉に憎まれ口めいた反論と、芙美おばちゃんの怪我のこと、そうしていなりずしへのかんたんなお礼を伝えて電話を切った。

置かれていた食べものを食べる前に、その出所の確認をするのは、モトコの母親ゆずりの習慣だった。それはモトコがいくつかの、そこまで激しくはない軽度の食物アレルギーを持っていることと、モトコが産まれるすこし前、つまりモトコの母親が子どものころから母親になるあいだの時期に起こった、日本のいくつかのできごとが強く印象を与えていたからだった。

当時のそれはリターナブル瓶と呼ばれるものらしい。洗って繰り返し再利用されるそのガラス製の瓶はコカ・コーラの代名詞だった。あの形状はそのころ――というか、たしか長いことずっと――なんならつい最近まで――アメリカ女性のボディラインを模しているというような蘊蓄《うんちく》をしたり顔で語る人がいたのだそうだ。でも実際のところあの瓶デザインの曲線のもとになったのはカカオ豆の、上下に引き延ばされたラグビーボールに似た形状だった。それからどうまちがって伝わったのか、おそらくはドレス姿の女性とその瓶を並べて配したデザインのポスターによるキャンペーンがうまくいきすぎたので、そちらのほうが与太話としてネタにするぶんには人々が面白がって、そのため多くの人の記憶に横すべりした状態で残っていったのだろう。そんなふうにして事実に変わっていった雑学はきっとそれなりに多い。

瓶のガラスはよく〝瓶底メガネ〟とたとえられて強度の近眼の人が身に着けているメガネをからかっていたことからもわかるように、とてもぶ厚かった。ちなみにモトコがメガネをかけ始めたのは小学校の高学年のころだった。塾が週四日に増え、それでもいくつかの音楽番組を見たいからとビデオデッキを買ってもらい、次の健康診断で急な視力の低下を指摘された。

　コカ・コーラの、特に分厚い瓶の底の縁部分は、薄いけれど深いガラス自体の青緑色が見て取れる。モトコはそれを、たとえば漁港や、漁港の雰囲気を模したレストランなんかに置かれたガラスの浮きの色にも似ていると考えていて、だから当時はおそらく厚みのあるガラス製品を作ると自然にそんな感じの色になってしまうものなのだろうぐらいに考えていた。ところがどうやらあれはあの瓶に特有の淡い深緑色、のちにジョージアグリーンと呼ばれる色で、意図的に着色されていたものだったらしい。

　子どもでもさほど苦もなく持ち上げることができるサイズで、しかもあのガラスの厚さとなると、きっと中に入ったコカ・コーラの液体だってそうたいした量じゃなかったんだろう。すくなくとも、いまペットボトルで飲まれている量の半分以下だったんじゃないだろうか。つかんで人を殴るにも、ガソリンを入れて火をつけ、投擲《とうてき》武器にするにも心もとないあのサイズの瓶に入った飲みものは、あんがい長いこと街の中に存在していて、いまでもたまに見かける。

　あのころの日本では、上等な寿司店や中華料理店に行っても、百貨店の最上階にあるカフェレストランに行っても、コカ・コーラを注文すればそのサイズのよく冷えた瓶が出された。ウェイトレスは氷が入った小ぶりなグラスと瓶をシルバーのお盆に載せ、ビニールコーティングされたナイロンのテーブルクロスの上に置く。控えめなフリルが囲む制服エプロンのポッケから金属でできた栓抜きを出して、テーブルの上、客の目の前で瓶に手をそえ、素早く栓を抜いていく。栓抜きは手のひらに収まるほど小さく薄い金属製のもので、だからモトコがちょっと見た感じでは、ウェイトレスが手のひらで触れるだけで栓が抜けたように錯覚する。

この、パフォーマンスと呼ぶにはちょっとばかり地味な、それでもささやかな手品のようにも見える作業は、ひょっとしたら当時の〝あの呪い〟によるものだったのかもしれない。

モトコの子どものころにはまだ、ちょっと大きめの公園や路上といった公共の場所にはきまって公衆電話と呼ばれる重くて大きな電話機があった。そばにはメモができるようにか、またはカバンを置いておけるようにか、低めの台がついていて、その下にはいったいだれが使うためのものなのか、電話帳が収納されていた。そこに置かれた毒物入りのコカ・コーラを飲んだ人が亡くなった事件は、モトコが生まれるより何年も前に起こったことなのに、モトコが生まれて物心ついた後になっても、ずっと人々の生活になんらかの影響を与えていたことはまちがいがなかった。

毒入りの食べものをどこかに置く、という悪事は、食べた相手をやっつけるという目的が第一ではなくて、その周囲に暮らしている、働いている人たちのいる世界の風景を変えてしまうことが目的なんじゃないだろうか。なんでもない街の中で、自分のすぐ隣に命の危険が具体的な形を持つことは、すべての人の暮らしを変えてしまう。飲む人の目の前で栓を開けてみせるという、以前まではあまり意識されることもなかった日常行動を強いたし、子どもからは、親の手を離れた身近な冒険を取りあげた。当時モトコが初めて耳にした、もちろん大人になったいまでも実物なんか見たことのない〝青酸カリウム〟とかいう毒物は、その後ずっと長いこと、なにが人の体にとって悪いのか、どこで手に入るのか、飲んだらどうなるのか、飲んでしまったらどう処置すれば助かるのかなどもよくわからないまま、とりあえずとんでもない毒物として認識された。

この事件の場合、毒は売られている商品に混ぜられたわけではなかった。このことがとても重要だったらしい。もしこれが売り場の棚にあった商品であれば、あるいは飲食店で出されたものであれば、飲んで味に違和感を覚えたり具合が悪くなったりした人はすぐ店に申し出たかもしれない。でも拾い食いやタダ飲みとなると、不正に手に入れたものを自分が口にしたという心苦しさや恥じらいから、その後の体調不良をなかなか言い出すことができずに周囲からの発見が遅れ、命を失う危険性が高くなる。一命をとりとめた人が退院後に、家族や周囲に迷惑をかけた、恥をかかせた、後遺症の障害と共に生きていくのは耐えられないと言い遺して自ら命を絶つケースもあった。ということはつまり、その後残された家族にさえ長いこと苦しみを与えただろうという予想もついた。

その事件と同じころ、東京駅の八重洲地下街に置かれた箱入りチョコレートの入った手提げの紙袋には〝驕れる醜い日本人に天誅を下す〟と書かれた紙が入っていたという。不審に思った発見者が通報し、回収されたそのチョコレートに毒物が入っていたのがわかった。

当時の日本は、そのさらに以前から戦争や国内の条約にまつわる大規模な社会運動の名残りというか、その残留思念めいたものが街のあちこちに強く残っていたらしい。ただ、そういった食べものや飲みものにしたって、手を出す人はある程度は困窮している人だったり、そうでなくてもせいぜいで市井《しせい》の労働者だっただろうし、政治家や資本家に対する抗議としてなにかの効果があったかどうかは疑わしい。世の中の土台部分に騒ぎを起こせば、上の人たちが多少揺れて困るんじゃないだろうか、とでもいう程度のことだったのかもしれないけれど。

モトコが産まれるかどうかというくらいのとき、それとはまた別のできごとが起こった。パラコートという除草剤の入った瓶飲料が、自販機の取り出し口に入っているという現象が国内の各都市で起こり、最終的には十人を超える人の命が失われることになった。当時の自販機は当たりつきでもう一本出てくるサービスがついたものだったり、ツメの引っ掛かりが甘くて二本いっぺんに出てきてしまうエラーもたまに起こった。その瓶のドリンクは元気ハツラツ、というキャッチコピーで広告に野球選手やタレントが積極的に出ていた商品で、おそらく当時、缶ジュースよりも封の細工がしやすかったんだろう。この事件もまたモトコの父や母のような日本の多くの人にいくつかの価値観の変化と、生活にまつわる動きの制限を強いた。自販機からふたつ商品が出てきたときに得をした、ラッキーだったと思うよりも、警戒心の方が上回って、小銭を入れる前、無意識に商品口に一度手を突っこむのが習慣になった。

ニュースには毒入りのものとして、注意喚起の意味で繰り返し商品名が出るから、飲料メーカーや飲食店にも大きな影響があっただろう。店の前に気軽に瓶ケースを積んでおけなくなると、流通業のほうでもそれなりに面倒な手間が増えたのかもしれない。

水がめに毒を一滴入れれば、かめの中の水はすべて飲めなくなる。街の多くの水がめのうち、ランダムに一以上の不明な数のかめに毒を入れたとたん、街中の水がめの水はすべて飲めなくなる。ようするに街の中の人を不安に陥れるために、毒は最低一滴からでも可能だということになる。

モトコは缶のプルタブに慎重に指をかけ、力を込めて持ち上げる。粘ったあげくに金属の折れるガチという手ごたえがあってから、注意深く斜め上に引くと、きりきりと金属の裂ける音がしてプルタブが缶のふたから離れる。缶の上面には水滴型の穴が開いて、モトコの指には反った金属板の付いたプルタブの輪っかが残った。モトコは満足気に、プルタブの指輪をつけたまま缶ジュースを両手でつかんで飲む。いまのものよりもずっと開けにくい、当時の缶ジュースのプルタブを開けるという行為は、モトコがこのとき初めてひとりでできるようになったことのひとつだった。当時のモトコはひとりでできることがどんどん増える時期だった。父が自動販売機で買ってくれるのは、決まって黒い缶にひとつの大きいリンゴが描かれているデザインの缶ジュースで、いっぽう母がいるとき買ってくれるのは、たいていもうすこし小ぶりな紙パックのイチゴミルクだった。

　モトコの父は自動販売機の商品取り出し口に一度手を入れ、それから硬貨を投入し、リンゴがいいかオレンジがいいかとモトコにたずねてボタンを押す。当時、自動販売機に並んでいるのは炭酸飲料と、ミルクの入ったコーヒーと、その黒い二種類の缶ジュースくらいだった。当時のモトコはその缶ジュースを最後まで飲みきることができなかったし、飲んでいると一度は飲み口の脇からこぼして服を汚すので、つまり母の選んだストローつきイチゴミルクパックのほうが正しかったわけだけれど、モトコが残したぶんのジュースは父が飲んでくれていたし、注意深く飲むことに努力をし続けてはいたので、当時、母もことさら文句を言うことはなかった。

＊

村崎さん、お疲れ様です。

こちらはひとまず問題なく暮らしています。シナモンさんはマンションに帰ってもらいました。いまはもう、水も食べものも自分で口にしています。そうしてこれは以前から変わりませんが、あまり構わないでいるほうが気が楽みたいです。

　私はあまり、瓶に入ったコーラを飲んだ記憶はありません。いちばん最近で見かけたのは、歌舞伎町のはずれにあるバッティングセンターで、コインを入れて引き抜く形の自販機で売られているものだったかと思います。

じぶんで自由に炭酸飲料を選んで飲むようになったころにはすでに東京にはペットボトルの飲みものが並んでいましたし、そういうものを一気に飲みきることはいまでも難しいと思います。缶や瓶って一度開けたらふたを閉めることができないので、そのころの大人は一回であの量の炭酸飲料を飲んでいたんですよね。ただ、昔の缶ジュースも瓶もいまの缶やペットボトルより細かったとは思いますけど。

昔、子どもが飲むものは紙パックか缶に入ったジュースばかりでした。ひとりで缶ジュースを開けられるようになったころ、缶からプルタブが離れないタイプに変わりました。さらにそのあと、ペットボトルの飲みものがどんどん増えていきました。ただあのときは、どちらかというと瓶の飲みものよりも、一度開けてしまったらかんたんに封をし直せない缶の飲みもののほうが安全だと考えられていたんじゃないかとも思うんです。

私がこの国に暮らしてきて、社会の騒ぎに巻きこまれたいくつかの経験のうちでも特に印象に強く残っているのは、高校生のときのことです。当時は神奈川県にある学校に通っていました。あの日は体調を崩して熱が出てしまい、午後の授業を受けずに帰宅してたんでした。子どものころ、春先のアレルギー体質がとてもひどい時期はちょくちょく熱を出していたので、体力の落ちているときは薬を飲んだりして気をつけていましたが、それでもしんどいことが年のうち何度かあったんです。いまは合う薬が見つかったり、年を取って症状が穏やかになったりしたので、よっぽど体力が低下しているとかでなければ、この時期でもだいぶん平気です。

あのとき、いままさに自分が乗ろうとしているエリアの電車が止まっているというのがわかったのは、乗り換え電車のホームへ向かう通路を歩いて進んでいるときでした。これから乗って向かう予定の駅の構内で異臭騒ぎが起こったというので、これからその方面へ行く電車は停まり、すでに向かっている電車はその駅でドアを開けることなく駅を通過しますという案内が流れているのを、そのとき私は聞いていませんでした。イヤフォンで音楽を聴いていたからです。いっぱいの人が小走りでうろうろしているのに気がついて、しばらくしてから理由を知りました。いくらかの人々が困惑していたものの、電車に乗れなくなることについて苦情を申し立てる人がほとんどいなかったのは、ちょっと前にこの国のもうすこし中心に近い場所、しかも駅の中で起こった毒物に関する大きな事件を、みんながまだはっきり覚えていたからだろうと思いました。人によってはホームに入って来る電車から離れようとしたり、ハンカチを口にあてたりもしていました。だからひょっとしたらすでになにかのにおいがしていたのかもしれないし、もしくはただの不安から来るものかもしれませんが、私にはその判断がつきませんでした。

なぜなら、そのとき私は花粉症のせいで嗅覚がほとんど働いていなかったし、マスクをしていて、そのうえ熱がありそうとうぼうっとしていたので、その危機的な状況を周りの人たちとうまく共有することができていなかったんです。マスクとイヤフォン、危険を察知するにはあまり良くないものなのかもしれませんけど、どちらも、そのときの自分を守るための重要なものでもありました。

それに、そのことでしばらく駅で足止めを食らっているあいだ、うまく回ってくれない頭で考えていたんですが、あのときさんざんテレビで繰り返し報道されていたサリンと名がついた毒物は、無臭の物質だと聞いていました。でも、だとしたら〝異臭騒ぎ〟というのはなんだかおかしくありませんか。変わったにおいがするということは、これまでの、こんなにも大騒ぎしていなかったときと同じくらいの扱いでも問題ないはずです。においひとつでこんなふうに多くの人たちが顔をしかめて、多くの人がうろうろしながら混乱し、駅員なのか警備会社の職員か、あるいは警察官が立ち歩いているホームで、自分がこうやってぼうっと考えごとをしているようなことはなかったはずなんです。

そもそも人間が作った、人間をやっつけるための毒物というものはたいてい無味無臭なんだと思うんですよね。やっつける前ににおいで気づかれたら意味がないですから。異臭で気がつく毒物というものは、自然界にずっと存在してきたような、危険だと明らかなものとか、あるいは危険を察知しやすいよう人工的ににおいをつけてあるものとかなんじゃないでしょうか。子どもがのみこむ危険のあるリカちゃんの靴に無害な苦みをつけているような、そういうやさしさから生まれた技術みたいな。

実際、人間にとって嗅覚のいちばん重要な役割は危険の回避だと思っています。たとえば近くで火事やガス漏れが起きているとき、食べようとしているものが腐っているとき、近くにいる人の健康状態が良くないとき、洗濯物が生乾きになっているとき。自然の状態で腐敗や毒物みたいなたいていの危険を察知するのに、ほかのときにはそこまで重要視しない嗅覚を頼りにします。だから、鼻が利かない時期にご飯を食べるという行為は、味気ないとか以前に、なんだかうっすらとした不安があります。味がわからないことは楽しくないというだけでなくて、いつ作られたどんなものなのか、まずいものか、古いものか、体に悪いものか、いつもよりちゃんと確認することができないので、自分がいったい何を食べさせられているのかわからないという思いがずっとあります。

ただまあ、現状この国のたいていのものは命を落とすほど危険なものではありません。それに、私はある程度の年齢、具体的には小学校に入学するくらいまで、屋台や売店のお菓子やジュースみたいなものを買うとき、いくつかの選択肢の中からひとつを選ぶことはしましたが、購入自体はほとんど母、たまに父が行っていたと思います。お祭りや公園はもちろん、お店の中でも、自販機でも、変なところに置いてあるものは食べないでね、新しく見えても、毒入りだから、だめだよ、と、周囲の大人はみんな、多くの場合は冗談半分だったけれど、そんなふうに言っていた時代だったと思います。だからたぶん、私はどこかに放置されている食べ物を、たとえばそれがいくら開封されていない新品のお菓子だったとしても、手にして口に入れたという記憶はありません。たとえあれが、買ってすぐに落とされたり、忘れられたばかりのなんの変哲もない商品だったとしても（実際、そういう場合であることがほとんどだったと思うんです）、それを手に取って食べるということを人生で行なわない、ということが、私の中の、というか私の家族の中の決められた絶対の約束ごとみたいになっていました。それは、ひょっとするとその時代の子どもを持つ若い家族にかけられた呪いだったのかも、とも思っています。

＊

篠田さん、こんにちは。

子どものころの話、とても楽しかったです。いや、楽しんだりしたら失礼な内容だったのかもしれないですが。日本語でいろんな話をする機会のないこっちでのくらしで、このあいだもらったメールはなんというか、ぼくの脳の中の、愚痴や雑談を聞く部分をとても心地よく刺激されたような気がしています。

将来なりたかった仕事の話を書いて以来、そのことについてときどき考えています。だから か、さっきふと、ぼくが小・中学生くらいのころテレビで定期的に放送されていた番組のことを思いだしました。

番組の舞台となっていたその〝王国〟は、絵本とか夢の中の場所ではなく、日本に実在するものでした。だから、それは当然ながら実際の王政をしいた国というわけではなく、施設の名称でした。そこで撮影されていた番組はドラマではなくて、また、いまでいうバラエティとも厳密にはすこしちがっていて、どちらかというとドキュメンタリーとかリアリティショーに近かったのかもしれないと思っています。そこで働く人たちはほとんどが名字にさん付けで呼ばれていたし、おそらく衣装なんかではない、Tシャツにジャージやジーンズ姿で出演していました。彼らが役者だったのかどうかはよくわかりません。見ているかぎりどこかの動物園職員だとか、せいぜいいまでいう素人参加番組の登場人物っぽい雰囲気の人々だったんじゃないでしょうか。

その〝王国〟にはひとりのとても有名な男性がいて、その人が国王という扱いだったのだと思います。彼は文章を書き本もたくさん出していて、つまり、マルチタレントというふうな人で、ぼくはこの人の本を何冊か読んだことがありました。

番組の半分ほどはその男性がなにかの生きものについて解説をしたり、どこかに旅に出てその国にいる珍しい生きものに会いにいったりしていて、残りの時間でその男性が運営する〝王国〟の毎日に起こるできごとを紹介する、というようなつくりでした。

ぼくはあのとき、ものすごく動物が好きだったってわけでもなかったはずです。生きものを飼ったこともなかったですし。だからもしあの番組がただの生きものの紹介や職員による飼育の記録だったら、あんなに夢中になって見続けていなかったんじゃないでしょうか。あの若者たち、当時の自分から見たらお兄さんやお姉さんたちが働いていたあの場所は、世の中の大人とかが電車で通い、働きに行っている仕事場とはなんだか別の種類のものみたいに見えていました。それにぼくの周りにいる多くの大人たちはみんな、どんなに変わっている人であってもどこかで勤めの仕事をしていたから、ああいう番組に出る、動物と暮らす人たちの仕事を職業としてカウントしていなかったのかもしれません。探検家や漫画家は職業だと思っていたのに、いまになってみると変な話だとは思いますが。

その王国の主は大学生時代、自治寮に暮らしていましたが、その後に廃寮に賛成していたようです。彼の本を読む限り、戦後のあの時期の大学の寮というのはいまのそれとはちょっとちがう印象のものだったんじゃないかなと思うんです。

そんな彼が日本の、北のとある広大な場所に作ったその〝王国〟は、なんというか、いろんな世代の人たち、似た思想を持った人たちが集団で生活する場所、つまりコミューンのようなものなんだというふうに見えました。

そのときテレビを見ていて思ったのは、もっとずっと小さかったころのぼくの夢は、ひょっとしたら探検家ではなくって〝王国〟の中で働いて暮らす人になるというものだったんじゃないだろうか、とも思っています。それはどっちかというと「ウルトラマンになりたい」といったような、非現実の荒唐無稽な想像に近かったかもしれません。

あそこで働いている人たちの仕事が、具体的にはどういうものだったのか、ぼくにはわかりません。動物の赤ちゃんの親代わりになって育てるとか、多少は食べたとしたって商売にできない程度の乳牛や鶏を飼うのも、あれだけの規模の施設を運営する程のお金を得る方法ではないだろうと思うので、あそこにいた人たちはどこか別の農場で農作業のお手伝いをしたり、彼らの専門をそれぞれ活かして技術を売ったり（たしかその〝王国〟には、獣医さんの資格を持った人や記事ライターをしている人もいたような気がします）、ただ、おそらく主な収入は、自分たちといろんな生きものの暮らしをテレビ番組や本にすることで得ていたんじゃないかと思います。そういう、子どもや大人がひとつの村でどういう役割をあたえられて動くのか、どんなことに悲しんで、どんなふうに成長していくのか、ガラス張りのドームの中にある〝王国〟は、ある一面が丸見えになった集団の家のようなものだったんじゃないでしょうか。現実にはそんなことはなかったのかもしれないけれど、そのときのぼくにはそんなふうに思え、〝王国〟を眺めながら子どもごころに夢中になったのです。つまりぼくは、人生の中のどこかでずっと、ああいう人たちの中で、ああやって生きものを育てながら暮らして学び、働いて生きていきたい、と考えていたんだと思います。では。

＊

モトコは一度、仕事でジャイアントパンダの赤ちゃんの映像資料を見たことがあった。それは毛も柄もなく薄い桃色をした生きもので、ちょっと見てもジャイアントパンダの子どもだとは気づけないものだった。親に比べると、子どもはとても小さく見えた。

　施設の係員が身に着けているビニール製の青いスモックは、中の白衣が透けて見えた。その両腕に抱えられているのは、赤ちゃんよりはもうちょっと大きく育ったくらいの幼いジャイアントパンダだった。力なく人間に抱え上げられている白と黒のモコモコの塊の映像を見ていると、横にいた作業中の大沢さんが気づいて、

「パンダじゃん」

　と言った。モトコは、

「なんでパンダって笹を食べてるんですかね」

　と大沢さんにたずねた。

「いや、ふつうのクマだって笹は食べるよ。ていうか、アジアの山にいるケモノなら、イノシシもカモシカも笹とか竹とか食べるよ」

「なんであんなもの食べるように進化したんですかね」

「わかんないけど、いっぱい生えるからじゃない。人間だってタケノコ食べるじゃん」

　大沢さんは画面から目を離すことなく、続けた。

「これ、中国にある保護区の映像だよね。国立の繁殖基地。パンダの赤ちゃんってすごい小さいから、パンダは赤ちゃんをうまく育てることができなくてそのままダメにしちゃう、ってい

うか事故が起こることがすごく多いんだって。だからか、中国の最新設備で、保育器とか専用のミルクとかを使いながら人工的に赤ちゃんを殺さずに大きく育てることを研究しているんだっていう」

「なんか、ずいぶん詳しいですね、パンダに」

とモトコが言うと、大沢さんは、

「パンダって、本とかDVDとかすごくたくさん出てるんだよ。うちの娘、あんまり『アンパンマン』みたいなキャラアニメには興味がないんだけど、パンダだけはなんだかよくわかんないけど黙ってよく見てくれるんだよね」

と答えた。映像の中の係員は、抱かれた腕からだらんとぶら下がる幼いジャイアントパンダを支え、後ろ脚で歩かせるようにして引きずりながら運んでいる。大沢さんはおまけみたいに言った。

「しかもね、パンダって見た目よりずっと軽いんだって」

＊

村崎さん、こんにちは。

そういえば、以前カラオケじゃないほうの仕事で、パンダの映像を見ました。そのとき、ひょっとしたら私はその生きものについて、ほかの同じくらいの歳の大人よりも知識がないのかもしれないと気がつきました。というかいまでも、世の中の人がこんなにもパンダが好きだということについて、あんまりぴんと来ていないのかもしれません。というのも、その日家に帰るとき駅ビルにある本屋さんに立ち寄ったのですが、そのとき世の中にはほんとうにパンダがあふれかえっているのだということに気がつきました。写真集や絵本といったものだけでなく、ポストカードやレターセット、ノートなどの文具、エコバッグやTシャツ、実際のところはパンダや中国となんの関係もないチョコレートやアメ、グミのパッケージにさえ、パンダがあしらわれています。改めてみると世の中ってこんなだったんだとびっくりするくらい、パンダがあちこちにひそんでいました。イヌやネコならまだしも、人生で何度実物を見るのか、触れ合うことなんて一度だってあるのかどうかというくらいの生きものが、こんなにも人気であることに、私はほんとうにいままで気づいていなかったんです。

私は、パンダが竹や笹を食べているのは生存戦略なのだろうと思っていました。ほかの生きものがあまり食べないものを食べることで、食いっぱぐれがないようにというようなことだと。でも、笹の葉や竹は糖質も果物類ほどではないけれどもなくはないので、アジアに暮らす生きもの、つまり竹や笹が生えている範囲に暮らしている生きものはこれらを栄養源にしていることが多いということです。ふつうのクマだって、ふだんは山で笹を食べているんだそうです。クマはほかにもどんぐりとか木の実とかそういうものを食べ、出産や冬眠の前にだけ栄養価の高いシャケとかウサギとかを食べるそうで、だからもしパンダに冬眠というものが必要だったら、きっともっとハイカロリーなものをたくさん食べるのかもしれません。パンダだって動物園では米もリンゴも食べるのだし。ただ、あのだらっとした動きを見ていると、逃げる生きものをつかまえて食べるなんてとてもできないように見えますけど、意外なことに、昔には野生のパンダが家畜を襲っていたという記録も残っているらしいです。

パンダ幼稚園、という愛称がついたその映像の場所は、つまり繁殖施設のようです。絶滅動物を守るために国が運営している施設というものがあるんですね。ジャイアントパンダというのは、ほかの動物よりもずいぶん小さい赤ちゃんを、しかも一度に一、二匹しか産まないようです。このことは、ジャイアントパンダがすごく減ってしまって絶滅しそうな原因のひとつなんじゃないかと考えられているようです。

ジャイアントパンダは笹や竹を食べるので、フンはあまりにおわないらしいです。ただ本当に体臭みたいなものがいっさいないのかどうかについてはちょっと疑っています。映像で見ているかぎり、ジャイアントパンダが清潔好きだとはどうしても思えません。しょっちゅう外でゴロゴロしているし、見た感じでもなんというかちょっと、いつもうす汚れて見えます。

あと、ジャイアントパンダは見た目に反してとても軽いんだそうです。ジャイアントパンダに詳しい人が会社にいて、その人に聞きました。生まれたときは一〇〇グラムくらいで、大きく育っても一〇〇キログラムを超えるくらい。飼育されたすごく大きいものでも一五〇キログラムほどらしいので、人間のお相撲さんと同じ程度でしょうか。アラスカのヒグマだとオスで八〇〇キログラム、国内にも四〇〇キログラムを超えるものがいるらしいので、やっぱりジャイアントパンダはすごく軽いってことですよね。映像の感じを見ていると、筋肉があまりたくさんなくて力が弱いのかもしれません。

＊

次にとどいた村崎さんからのメールには、緑の草の中でまさにこちらを見た瞬間、みたいなジャイアントパンダの写真があった。手前に人間の後頭部がいくつか写りこんでいる。だからこれは動物園のような場所で、客の立場として撮った写真なんだろう。そうして、写りこんでいる髪の毛の色がみんな黒いものだったので、アジアのどこかの飼育施設で撮影されたものなのかもしれない、とモトコは推測した。

＊

篠田さんこんにちは。

あの生きものってすごく奇妙ですよね。しかも、最初に見たときのイメージもあって、こんなに変な生きものが、こんなふうに大歓迎されながらやって来ることは、とても強く印象に残っていました。ぼくが見たあの白と黒の生きものは、周恩来と田中角栄の歴史的な握手とセットで、ぼくらの国の多くの人に迎えられました。中国の山奥にひっそり暮らす生きものにとっては知ったことではないあらゆる事情のために飛行機に乗せられ、そうしてそのあらゆる事情によって、大切に生かされているかわいらしい生きもの。それがぼくの、ジャイアントパンダについてのイメージです。

現在ジャイアントパンダは、中国からの〝貸与〟という状態で全世界のあちこちで飼育されていますが、この形式になったのは中国の側というよりは世界の側の都合によるものみたいです。ＣＩＴＥＳ、いわゆるワシントン条約と呼ばれる約束ごとが発効したのは一九七五年、その後八四年にはパンダが絶滅危惧種に指定されるリストの附属書Ⅰに移され、国際商取引が原則禁止されることになりました。中国は、外国へのジャイアントパンダの贈与をすることが難しくなったので、表向きは繁殖や生体の共同研究という形での貸与になっていきました。

中国は、自分の国のイメージアップとして友好国に国の特色あるかわいらしい生きものを贈りたいと考えながら、政治活動に絶滅危惧種の希少動物を利用すること、それによって生きものを絶滅に近づけてしまうのは文明国としてあってはならないことだという国際的な価値観とのあいだで葛藤していたんじゃないか、そうしておそらく、当時の人類の思惑——というよりは中国の思惑として、ジャイアントパンダの繁殖計画をきちんと管理したかったんだとも、ぼくは思っているんです。中国はそのときには各地に繁殖基地を作っていて、絶滅を防ぐことに必死になっていたいっぽうで、外国の動物園にいる、つがいのうちの一頭が命を落とした生き残りのジャイアントパンダが発情期を迎えても、表向き「稀少動物への倫理的配慮」としていわゆる〝お見合いパンダ〟の派遣を渋っていました。このことをぼくは、ジャイアントパンダの絶滅を防ぎたい、と考えるいっぽうで、どこかで中国以外のあらゆる世界でジャイアントパンダの研究が進み、世界中にジャイアントパンダがあふれかえることにも不安があったんじゃないのかとも考えています。

生きものに限らず、人にとってすべてのものは、数が増えると価値が下がり、価値が上がると取り合いになってさらに数が減り、それによって一層価値が上がるという悪循環になります。世界にひとつしかないものと、ふたつあるうちのひとつのものだったら、ひとつしかないもののほうが倍以上の価値があるでしょう。

でもそれが、世界に一頭しかいない生きものだったら？

哺乳類だけでなく、世の中の生きものの多くはいまのところ一個体だけで増えていくことは難しいので、もの悲しさを漂わせながら見殺しにされてしまうことが多いようです。たとえば一匹だけで生きのび続けるゾウガメ、最後に捕獲されたオオカミ、老いたメスだけで何匹かの群れを作るトキみたいに。

アメリカのメジャーリーグチーム、サンディエゴ・パドレスのオーナーは大のジャイアントパンダ好きで、飼育環境のためにサンディエゴ動物園に多額の寄付を行いました。動物園に贈られた寄付金は、ジャイアントパンダの飼育設備を充実させ、研究機器や研究者に使われました。サンディエゴ動物園というのは、北米で初めて四日以上生きた赤ちゃんパンダがいた場所で、サンディエゴ動物協会／ジャイアントパンダ保護飼育センターは新しく繁殖技術を開発していました。

サンディエゴ動物園が旗振り役になって計画されたのは、メキシコシティと東京にそれぞれいたジャイアントパンダ同士を交配させる試みでした。CITES以前に贈与されていた、つまり中国に所有権のないパンダの生き残りがいたのは、そのとき東京の上野と、メキシコシティのチャプルテペックにある動物園だけでした。

このとき、アメリカの人々によって中国に所有権のないジャイアントパンダを交配させようと考えたのは、当時、中国の考えを中心にハンドリングされているジャイアントパンダ事情に問題意識を抱いていたのかもしれません。実際、冷戦下にもかかわらずロンドンのチチがモスクワのアンアンとお見合いをするというニュースが流れました。このことは、世界のジャイアントパンダ事情を象徴したものだったんだろうと思います。ジャイアントパンダというのは発情期があまり長くないものの、発情が続いてしまうと体力を消耗し、健康状態に支障が出るのだそうです。

上野動物園のオスのジャイアントパンダ、リンリンがメキシコにお見合いに向かったのは、サンディエゴ動物園による繁殖計画の最初の一歩でした。リンリンは北京動物園で生まれた非野生の個体です。日本にかつていた、一九八〇年代前半に贈与されたジャイアントパンダ、フェイフェイとホァンホァンのあいだに生まれたユウユウとの、日中友好二十周年の記念交換によって来日してきました。つまり彼が、日本の側に所有権というか、籍のある最後の一頭になります。チャプルテペック動物園には、一九七五年にやってきたベイベイとインインという二頭がいました。かつて国連で中華人民共和国に協力的な認識をしてくれていたメキシコへの友好の証という形で贈られたと言われるその二頭のあいだにはシーファ、シュアンシュアンという二頭のメスがいましたし、その姉のトーフィはもうこの世にいませんでしたが、チアチアとのあいだにシンシンというメスが産まれていて、当時生きていたその三頭のメスはメキシコに籍がありました。

リンリンは計三度、お見合いのためにメキシコに飛びましたが、うまくいきませんでした。それで三回目の年の末には、メキシコのほうからリンリンと比較的相性の良かったシュアンシュアンが上野にやって来ました。

結局そのお見合いだけでなく、これら一連の計画はあまりうまくいかなかったようです。もう、レンタル以外のパンダはこの世界にはほとんど確認されていません。

いや、厳密にいえば香港にいるジアジアは、贈ったときの政府の〝国家〟の認識にズレがあったため、贈与と国籍のありかたに、わずかながらのずれが生じています。また北朝鮮に贈られていたジャイアントパンダが現在どのようになっているかが国際的に明らかにされていないため、詳細がわかっていないという現状もありますが。年齢的なものを考えたらとっくにいなくなっている可能性が高いとはいえ、ひょっとしたら特殊なすごい研究でクローンとして大量に増やされ、お金持ちのペットあるいは野生下で暮らしているかも。

このことは前、言ったような気がしているし、いや、言ってないかもしれないなとも思っているんですけど、ぼくは小学校の高学年から高校を卒業するまで養護施設で育ちました。父親も母親も、いまはどうしているのか知りません。いや、きけば教えてもらえるんでしょうけど。大人になった後でぼんやりと知ったのは、どうやらぼくを産んだのは中国で生まれ育った人だったみたいで、いや、ぼくが産まれたときは日本の人と結婚して、もう日本国籍の日本人だったらしいから、正確にはぼくが産まれる以前に中国籍だったことがある人、ということらしいですが。

ぼくは自分に兄弟姉妹がいるのかどうか知りません。でもまあ、どっちかと言えばいると思っています。この場合、兄弟姉妹というのは同じ人から産まれたという意味のそれですが、ぼくが子どものころ、中国は子どもをふたり以上産むことが、国の方針でとても難しかったそうです。もしぼくを産んだ人が中国で産まれ育って、大きくなってほかの国で暮らすことがあって、自分の体力や経済的に問題がなかったら、もし自分がその立場だったら、ぼくのほかにもだれか子どもを産んでいるんじゃないかなあ、と思うんです。でもだったら、ぼくはなぜ捨てられたのか、よっぽどぼくができの良くない子どもだったのだろうか、と極端な考えにおちいったりしたこともありましたが、いまとなってはまあ、良くわからないけど彼女の中で何かのタイミングがうまくいかなかったんだろうと思っています。そこそこの大人になってみるといっそう思い知りますが、生きものの中のかくあるタイミングというのはとても難しいものです。

ジャイアントパンダは一回の出産で一頭か二頭の子どもを産みますが、二頭産まれたらほとんどの場合、一頭の世話しかしないのだそうです。タイミングも難しい上そんなふうにあきらめのいい子育てをしているから絶滅の危機に瀕してしまうのでは、と思わなくもないですが、そのため多くの場合、ジャイアントパンダは二頭産まれると一頭はこっそり取りあげ、人工保育をするのが良いと考えられているようです。

中国では、一九九八年から二〇〇五年までのあいだ、国家プロジェクトとしてジャイアントパンダのクローン研究をしていました。もともと中国では食料や産業分野でのクローン研究が盛んに行なわれています。イギリスでドリーという特別なヒツジが産まれる十年以上前から、中国では体細胞によるクローン魚が産まれ、その後も現在までウサギやブタ、ヤギ、ウシなどのクローンは盛んに産まれています。さらに二〇〇五年には、南江黄羊という特別なヤギを一般的なヤギから生み出すことに成功していて、それは絶滅危惧種の保存への重要な一歩だとされています。

希少種の生体クローンが難しいのは、その母体に同種が利用できないことにあります。ジャイアントパンダの特殊性は、食性やあのかわいらしい柄だけでなく、なによりその出産にあります。妊娠期間も出生時の体重も、ほかのクマ類とぜんぜんちがうため、ジャイアントパンダの子どもをクマの母体の中で育てるのはかなり難しいことみたいなんです。

クローンは中国の人たちにとって、とても強い神話です。孫悟空が自らの毛を抜き、口の中に入れ噛み砕いてから空中に吹き出すと、毛と唾液の混じったそれは無数のサルとなって飛び回る。その奇想は現代でも中国に暮らすたくさんの人にとって、その国の人間でさえ、産むことやたくさんの自分の子どもたちと人生を暮らすことを制限されていた一時期、まったくの奇妙な悪夢として受けとめられてはいなかったんじゃないか。と、ぼくはどうしても、そう思ってしまうんです。

では。

＊

京王線の高幡不動駅からその電車に乗り換えてたどり着くことができるのは多摩動物公園駅ひとつだけだから、その駅で乗り換えをする人たちの目的地はとても限られたものになる。京王線にはほかにも、府中競馬正門前駅という同じようなつくりの駅があった。このひと駅だけのスイッチを挟むことで、本線からほんのちょっと枝分かれした場所に向かうという非日常の演出でもされているんだろうか。モトコの乗った、動物公園駅へのひと駅とだけ往復を続けるその車両は、生きものや乗りものがキャラクター化されたイラストが描かれていた。

京王線にはほかにも、乗り慣れない人がまごついてしまいやすいシステムがあちこちにあった。たとえば新宿駅の手前にある初台と幡ヶ谷で、そうしてずっと西に行った北野の先の分かれ道で。モトコは普段あまり京王線を使わないから、そのちょっとした不都合に不安を覚えることが多い。初台に行きたいのに、うっかり笹塚まで行ってしまう、というふうな。

駅を出るとすぐわきに鉄道車両を展示する施設があって、モトコがさっきから車内や駅で目にしていた乗りもののキャラクターイラストは、この施設のマークだったことに気づいた。駅を出て進むと、上のほうには多摩エリアを南北に走っているモノレールの駅が見える。そのレールの下をくぐるみたいにして進んでいくと動物園の入り口がある。駅を出たとたんもうすでに生きもののにおいがする、とネットレビューには書れていたけれど、マスクをしたいまのモトコにはそれがよくわからなかった。

平日の動物園にはそこまでたくさんの人がいなかった。入ってすぐ左のほうにはちいさなギフトショップらしきものがあって、原寸大ではないにしてもかなり大きめな、子どもが両腕で抱えて歩けるくらいの生きもののぬいぐるみと、生きもののイラストが入ったマグカップがワゴンに並んでいる。その奥には平たい建物があった。中に入ると動物の生態に関するパネルや、ジオラマっぽいものが展示されていて、一角には休憩所のようなものも用意されている。

台座と屋根のあるガラスケースは、それ自体がこの二頭のために作られているという感じでそこにあった。もともとこの生きものは、生きているあいだもこんなガラス張りの場所で暮らしていたんだろう。その再現を意識してか、緑の床の上に二頭はいた。ケースの屋根の部分にはまるで美術作品のタイトルみたいに、文字の書かれた板が留められている。

剝製というのは工芸作品や美術作品と同じで、技術や芸術レベルのちがいというものがあるらしい。モトコが見ている限りでも、たしかにここにいる二頭はとても自然にふるまっているふうに見えた。ただ、これに命があるかないかだけで、こんなふうに行列もなく見ることのできる場所にひっそりと展示されているということが、モトコにはなんだか興味深く感じられた。そうして、これらがかつては特別な生きものの体だったからこそ、ただのとても良くできたぬいぐるみとしてワゴンに積まれるのではなくて、こんなふうに大事に展示されているんだろうとも思えた。

その二頭は、中国の野生下で捕獲されてから北京の動物園で飼育されていたものだった。当時は中国でもまだこの生きものの繁殖や飼育の万全な設備研究が進んでいなかったし、ワシントン条約や世界自然保護基金（ＷＷＦ）も現在のものとはちがっていたあのころ、当時の二頭は、仲良し相手国へのプレゼントとしてこの国に贈られている。

村崎さんが父親に連れられて行列に並んで見た、厳密にはちゃんと見えていたかもよくわからないほどの混雑の中で、人々の注目の中心にあった二頭、えらい人がふたり握手を交わして、そのことによって飛行機に乗せられてやって来たそれらは、〝現象〟だったんじゃないか、とモトコは思う。そうだ、そのとき幼い村崎さんが見たのは〝生きもの〟ではなくて〝現象〟だった。そうして、もともとあらゆる生きものを飼ったり育てたりするとき、そこにあるのは〝生きもの〟じゃなくて、生きものをその場所の中にあり続けさせる〝現象〟のほうなんじゃないか、とも思う。

　建物を出てその先、裏側に回りこむようにしてしばらく歩いていった通路の先には、大きめの鳥がいる飼育場があった。くちばしの長い、鶴よりはすこしだけ首が短いその鳥のことを、モトコはあまり詳しく知らない。それはこの世界から絶滅しかけた鳥で、実際すでに日本に生息していた野生のこの鳥は、一度絶滅しているらしい。いま日本で繁殖しているのは、中国から贈られてきたつがいの鳥から増やされていったものだ。

　シーボルトが収集した標本をもとに、日本に由来する学名までつけられていたこの鳥は、長くアジアの国々のどこでも消息が確認されていなかったものが、一九三〇年ごろに日本で再発見された。その後の一九八一年、日本に生息していた五羽を繁殖のために捕獲することで、国内で野生のその鳥は事実上絶滅した。まさにその同じ年、中国の陝西《せんせい》省漢中市洋県でも、野生のその鳥が再発見される。二〇〇三年には日本最後の飼育されていた個体が命を落とし、国内の絶滅が確認された翌年の二〇〇四年には、中国で繁殖が成功した個体の放鳥が行なわれる。繁殖された中国にいた野生のこの鳥と、日本にいる野生のこの鳥は、DNA上で種類が同じものだと確認されている。そりゃそうだ、とモトコは思う。考えてみたら、海や山を渡って飛べる鳥にとって、線もひかれていない国の境なんて知ったこっちゃない。いや、たとえ地をはって動く芋虫だったとしたって、ちょっとした環境のちがいなんて気にもせず、段ボールにひっついてどこでだって生きていくだろう。

ただ、日本のその鳥を特別に宿主にしているダニが中国のその鳥にはついていなかったため、日本に由来する学名のついたそのダニは絶滅してしまった。このことは、のちにそれぞれの剝製についていた亡骸によって研究され、判明した。

いま、モトコがいるこの喫茶店はかつて、具体的には高度経済成長期の日本ではキャバレーと呼ばれる歓楽施設だったという。大きな花瓶に生けられた生花やステンドガラスは、いまではちょっとけばけばしいレトロ趣味の喫茶店としてなんとなく人気が出ているのか、行列とはいわないいまでも絶えず席は埋まっているといった具合で、モトコはそのビロード張りの小さなソファに座り、手に握りこんでいたティッシュの塊をテーブルの上に置いて、それを黙って見つめていた。

えっあそこってまだやってるんですか、とタクシーを運転する男性はカーナビに目的地を入力する手をゆるめてモトコのほうをふり返る。あ、ひょっとしてもうやってないんですか、とモトコが聞き返すと、さあどうだかねえ、前にお客さん乗せてったのは、たしか五年以上は前だったからなあ、そのころにだってもう、すでに潰れてるのかどうかっていう感じだったけどねえ。男性の言いかたは馴れ馴れしいというよりはむしろちょっと気を悪くしているようにモトコには聞こえた。ひょっとしたら、いままでその場所に行きたがるよその人たちというのは、この地域の人たちにとってあまり気持ちのいいものじゃなかったのか、あるいはあの場所がここに暮らして働いている人たちにとってあまり好ましくないのかもしれない、と考えた。

そういう場所というのは、モトコの生まれた地域にもあった。心霊スポットとして有名な落書きだらけの廃墟とか、世の中への呪詛《じゅそ》を看板にして家を囲んでいるゴミ屋敷だとか。つまり、それぞれの地域にあるちょっとした都合の悪い、彼らにとってはけして快いとはいえない場所を、娯楽の一環として見て回りたい人に対する警戒じみたものが、タクシー運転手の男性の態度に滲《にじ》んでいるんじゃないだろうか、と、モトコは考えながら車の外の風景を見ていた。

入口と書かれた看板が立てかけられている一角には、賽銭《さいせん》箱が置いてあるだけで無人だった。入場料五〇〇円、と書いてある貼り紙がふたに貼られている直方体の菓子の空き缶、モトコが知るかぎりそれはヨックモックという焼き菓子メーカーの、たしかシガールという筒状のクッキーが入っていたものだ。モトコがぎょっとしたのは、その内側が錆びかけた缶の中には鍵束がむき出しで入っていて、それをまとめているリングにぶら下がった樹脂製の四角柱、昔のホテルなんかで見るような鍵札には、

〝展示室には鍵を開け入室ください。出る際は施錠願います〟

と書かれた、なかば剥がれかけたテプラが貼ってあったからだった。

全部の部屋に〝防犯カメラ作動中〟というステッカーが貼ってあるものの、見回してもカメラらしきものはなさそうだった。通路部分に一台だけあったそれは、天井から半分外れてぶら下がっている、ひと目見てわかるくらいの偽物だった。

ほこりっぽい展示室には、高いのかもしれないけれど買おうとはとても思えないようなものばかりが並んでいる。歴史上の人物のだれか、モトコにとってはどこのだれで、どんなことを成しとげたかもわからない偉人の蠟《ろう》人形や、どこの、だれの着たものか、そもそもどんな競技の、どんな勝ちかたをして有名になったかもわからないチームのユニフォームが額に入ったもの。ほかに竜の形に見える流木、どこかで見つかったとされる隕石、植物の化石、知らない都市のペナントや絵はがき、旅行ガイドブック。これらがどういうねらいの展示なのかという解説はとうにあまり意味をなさなくなっていて、とりあえずそこに置かれているものは、落ちている石や立てかけられた脚立もすべて展示品だと思って見るしかなかった。どういう分類がされているのか、どういうふうに見てほしいのかといったことはひとまずよそに置いておいて、

とにかく見なくてはならないものとして見る必要があるらしきものばかりだった。

モトコがこんなふうにメモや写真をとりながらこういう場所を巡ることはふだんめったにないことで、この場所にとっても、そんなふうに真剣に見学する人間がやって来るなんていうのはとても珍しいことだったろう。

ふつうに考えて、こんなところにジャイアントパンダがいるわけがない。けれど、いまみたいにジャイアントパンダが世界中で保護すべき人気者になったのだって戦後のことだ。国際自然保護連合（ＩＵＣＮ）によってレッドリストなるものがつくられたのは一九六四年だった。最初にヨーロッパにパンダの存在が認識されたのはそこから遡ること百年ほど前、フランス人宣教師によって地元中国人が持っていたパンダの毛皮が確認され、その後、骨と毛皮がパリの国立自然史博物館に送られ、そこからしばらくパンダ猟が流行したらしい。

戦前、たしかに珍しいものではあったろうけれど、それゆえに乱獲されていたパンダは、剥製なり毛皮のカーペットなりにされて、欧米人や裕福な中国人の家のインテリアになっているというケースもそれなりにあったらしい。

剥製というものにつくりの良しあしでちがいがあるとはいったって、モトコはそれほどいくつもの剥製を見たこともなく、見比べることができるほどたくさんの同じ剥製が並んでいる空間に入った経験なんてもっとない。きっと良い剥製というのは最近つくられたものだろう、技術の進歩によって人類はうまい剥製をつくることが可能になってきたのだろうというくらいの雑なイメージを持っていたものの、いま目の前にある剝製のできがどのくらい良いものかということはあまりよくわからなかった。とくにニホンオオカミだとかいった、もうすでにこの世にはいない絶滅した生きものだとか、とても貴重な生きものなんかはモトコも生きた実物を見たことがないのだから正解がわからず、どう似ているのか、どうちがっているのかはわからない。

モトコはポケットにしまった小さいハサミ、刃にカバーのついた、小学生のころから持っている裁縫セットについていた糸切バサミを取り出して、ティッシュの中にその切り取った毛の束を、念のため白の部分と黒の部分とをひとつまみずつくるんでポケットに入れた。

モトコはいったい、自分がなんの片棒を担がされているのだろう、と思う。夜の喫茶店で、その丸めたティッシュごとジップロックに収めて大判の封筒に入れ、表面にメールで指定されていた住所を記入する。日本で使われる漢字となんとなくちがっているその住所は、どうやらどこかにあるホテルのフロントあてだった。店の近くの郵便局は二十一時まで窓口が開いていて、千円ちょっとを払うことで、モトコはその封筒を送ることができた。送ってから、なんのメッセージも書き入れなかったことにふと不安になったものの、あのコーラ瓶だってなんのメッセージもついていなかったし、帰ってからメールをすれば良いか、と考え直す。

ちょっとした頼まれごとというのは、きっと昔もいまも、世の中のあちこちにあふれている。

あの場所のあれをここに移動させてきて欲しい、看板の裏に書かれた落書きを読んで来て欲しい、数日、飼い猫を預かって欲しい、そんな罪にならないささやかなやりとりは、ひょっとしたら昔よりもインターネットが身近になったいまのほうがかえって増えているのかも。

でも、もしそれらを積み重ねた結果でなにかひどいことが起こったとしたなら、そのたくらみごとの首謀者はだれになるんだろう。

＊

村崎さんこんにちは。

ゆうべ、お約束のものをお送りしました。といっても、これが本物のジャイアントパンダの毛なのか、よくわかっていないんです。というのも、教えてもらったある確実な剝製はとてもきれいなものでしたが、きちんとしたガラスケースに入っていました。もうひとつの場所にあったものは、あまりよくできたものではなく、ちょっと変な場所に中身が寄ってしまって、あってはいけない場所に膨らみがあり、おかしな場所にへこみがある、目玉がぎょろりとした、ぬいぐるみと考えてもとてもへたくそなものでした。

これは勝手に自分で調べたんですが、昔、つまり法律がきちんとしてなかった当時のお金持ちは、中国で毛皮を売りつけられたそうで、密猟パンダの毛皮が日本にも入ってきていたみたいです。ときにはカーペットとして流通していたそれらを元にして雑につくられた粗悪な剝製なんかもそこそこあるようです。ワシントン条約というのは自然を守る約束の中でも輸出入に関する約束ごとだから、象牙なんかも昔からあるものに関しては遡って取り締まれないんですよね。つまり、どこかの倉庫に忘れられていた古い毛皮だと言いはって売られていることもあるし、ゾウガメの生体も、昔、日本につれて来られて増えたものだと言いはれてしまう。いっぽうで、パンダと称して色を染めわけたクマやウシの毛皮を売りつけるというようなことも起こっていたようです。だからというか、今回お送りしたそれがちゃんとしたものなのか、私にはあまり確信がないんです。

こういうことをあまり書くべきではないと、ずっと思っていたんですけども、ひょっとしたら村崎さんはこのままこちらに帰ってこないんじゃないだろうか、という不安があります。もっと言うなら、いまのこのやり取りだとか、送ったものだとかが、ほんとうに村崎さんのところに届いているのか、私とこういうふうにやり取りしている相手はほんとうに村崎さんなのか、私はいったいなにをさせられているのか、とか、なんとなくそんな、いろんなことを考えてしまいます。

なんか、変なことを書いてしまってごめんなさい。

では。

＊

二十三時過ぎ、部屋のベッドで横になっていたモトコの携帯端末に着信が入り、見ると奇妙な桁数の番号が表示された。モトコはすぐ一度出て、あと五分後にもう一度かけてくださいと小声で伝えてすぐ電話を切った。そっと部屋を出て、リビングで本を読んでいる母に、

「この一枚でマスクがなくなっちゃってたから、ちょっと、ローソンに行ってくる」

と無駄に言い訳がましいことを伝え、外に出た。月が明るかった。太い道路に出て、青い明かりの看板が見える手前でガードレールに腰をかけた。ふと、村崎さんがそんなに簡単に電話をかけ直せる場所にいないかもしれないと不安になり、かけ直したほうが良いのかも、と手の中の端末を眺めていると、一瞬光るほうが早く、その後手のひらに震えを感じた。モトコは一度深呼吸を、そうして軽く咳払《せきばら》いを飲みこんでから顔の横に端末を引きあげた。

「はい」

「もーし、もーし」

村崎さんののんびりした声は、そのまま世界の果ての遠くから発せられて直接届いたようなやり方でモトコの耳に流れてきた。

「もしもし、こんばんは」

「はい、はは、すごい、ほんとうに東京につながった」

「はい、こちら、東京です」

「こんばんは、あの——ごめんなさい」

「はい。え、なんで」

「だって、あやまらなくちゃいけないことはたくさんあります。勝手にいなくなってしまったし、まだ戻っていないし」

「いやまあ、それは村崎さんの都合で、どうしようもないことですから」

「でも、改めて考えてみたら、さすがに申しわけないなとか、そりゃ、信用なんかされっこないよなって思ったんです」

「信用……ってのは、まあ、仕事仲間なので、ただの知り合いよりはあると思うんですけど、ただやっぱり、心配になるというか、これ、いまやってるこれは、いったいなんなんだろうと思ってしまったりして」

「ですよねえ。なんだか小さなたくさんの生きものの命を人質にするみたいにして、ひどいですよ」

「そんなことは、考えたことないです。でも、いや、これ、なんなんだろうっていうのも、もうだいぶ慣れました」

「良心につけこむみたいなことをしてしまっている」

ガードレールに腰かけたモトコの背後を、大きな運送トラックが走って、その音をモトコはちょっと気にしながら耳にあてる端末をもう一方の手のひらで覆った。村崎さんは話を続けている。

「長いのが難しいんです、電話。ええと、ここ、宿というかゲストハウスみたいなところで、借りている回線で。だから、すこしでも、なんというか、こう、おこがましいことですけど、あんしん、というか、あー、日本語、適切なことば、忘れてるのかも？」

「大丈夫です、安心、しています」

「よかった、ええと、あなたには、悪いことはさせません。ずっと、ええと、でも、こっそり取ってきたり、盗んだりってのはまあ、明確に悪いことなんですけれども。こう、このことは、だれかほかの人を傷つける、ことには、絶対にならない……──」

電話の終わりかたは、モトコがこれまで知っているものではなかった。では、でも、さよなら、でも、おやすみ、でもなく、村崎さんの声はだんだんノイズの中に溶けこみながら聞こえなくなっていって、あとはモトコが通話終了ボタンを押すまでザーという音がしつづけているだけだった。モトコはしばらくのあいだ、その画面を見て、そのバックライトが消えた後にポケットに端末を入れ、ガードレールから降りて立ち、青い看板に向かって歩いた。

＊

篠田さん、こんにちは、ありがとうございます。

郵便物が届くのにはまだしばらくかかるのですが、いや、もうほんとうに助かっています。

遠隔操作されたロボットが生きものにご飯を与え散歩をさせて、そうやって世話をしながら適切なしつけをして育てていく世界と、人間がイヌやネコなど生きものの形をしたロボットをかわいがって散歩をさせ、エネルギーを与えて世話をしていく世界は同じくありえるものです。だからどこかでちょっとしたズレが起こり、ロボットのイヌを、イヌの世話をするロボットが散歩させるという事象はまったく自然におこりうることでもあります。その場合、じゃあ飼っているのはだれで、飼われているのはなんなのか。だれとだれによる〝飼育〟で〝散歩〟なのか。

勘ちがいされたら悲しいので重ねてお伝えしておきますが、ぼくはなにも、遠隔で生きものの世話をしてもらっているこの状況を皮肉っているわけではないのです。まちがいなく、いまぼくの家に暮らすすべての生きものたちを生かしている主体はぼくではありませんから。

すごくたくさんお金を払えばジャイアントパンダを食材にした中華料理が食べられる場所が

ネパールのほうのどこかにあるって聞いたのは、インドの台湾人オーナーの宿だったという記憶があります。それはでも、ぼくが聞いたときすでにかなり昔のことだったけど、そのさらにずっと過去の話だったみたいで、いまはどうかわからないらしいです。いや、まあ、その話自体が相当に嘘くさい与太話だとは思いますが、それにしてもこんなに有名になる前、中国の山間部では罠《わな》にたまたまかかった生きものは毒のあるもの以外はほとんど食べていたという記録があるらしいので、まったくのホラでもなさそうに思えてしまいます。ただ、いまあの生きものはただのレッドデータアニマルじゃないですからね。国の象徴というか。

同じように、中華料理もまた国の象徴です。中華料理というのは、とてもたくさんの人に同じものを提供できる文化でもあるのと同時に、ものすごく珍しい、世界に一皿の食べものとでもいうようなものをふるまえる文化でもあって、大都市の大衆文化だけでなく、古い宮廷文化もある国ならではの料理、という感じがします。宮廷料理という部分だけで言えばタイ料理なんかにも共通した部分はあるんですが、そこにアメリカのような、たくさんの人たちにおいしいものを安く提供する文化も混ざっているので、とてもおもしろいです。ぼくにとっては、地下鉄出口の脇で屋台とも言えない寸胴鍋だけ出して売られるカタクリ麺の入った汁椀も、山奥の豪奢《ごうしゃ》な宮殿で一日一膳だけ出される金の小鉢の透きとおったスープも、同じくらい興味深いものなんです。

そういえば、いろんな国でいろんな料理の店が出ているのを見かけますが、どの国でも見るイタリア料理やインド料理の店にはそれぞれの国旗が掲げられているのに、中華料理には竜の刺繡《ししゅう》やトラの置きもの、漢字の額みたいなものが飾られているものの、国旗が掲げられていることがとてもすくないことに気がつきました。同じように日本料理の店でも、のれんやダルマ、招き猫なんかは飾られていますが、日の丸の国旗が掲げられているのをあまり見かけません。どうしてなのだろうと考え、個人的に答えを出してみたんですが、ひょっとしたら中華料理って中華人民共和国料理じゃないんじゃないでしょうか。福建料理とか、蘭州料理とかいうものはありつつ、それを国家でくくることは難しいのかも。同じように、和食と呼ばれているものも、日本国料理というふうには受け止められていないのかもしれません。

以前、ぼくは北海道でクマの肉を食べさせられたことがあります。正直なことを言うと、とてもまずかった。あれは味付けがまずかったのかもしれない、でも、味付けをしっかりしなきゃおいしくならないなんていうものは、そもそもが、さしておいしいものでもないんだろうと思ったのを覚えています。でも同時に、おいしく味付けさえできればただのお湯だっておいしいんじゃないでしょうか。

クマがあんなふうにいまいちなら、ジャイアントパンダだってたいしておいしいものではないのかもしれない。草食なのだったら、クマにある臭みみたいなのはないのかもしれません。というか、臭みってなんでしょうね。ぼくたちだって肉を食べまくっているのに、肉を食べている生きものの肉が、というか草食のはずのヒツジやヤギの肉ですら臭みがあって食べにくいなんて、人の嗅覚がなんだか突拍子もないバグを起こしているのではないかとさえ思います。栄養価が高いものを食べられたほうが長く、あるいはたくさん生きられるに決まっているのに。もしかしたら人間というものは、あまりにも栄養がある生きものをひとりでたくさんは食べられないように、ちょっとだけ嫌なにおいを感じるようにでもできているんでしょうか。

ぼくは、ここのところ数年は一年中ほとんどの期間、鼻が利いていないという実感があります。だから、あの部屋で飼っているたくさんの生きものを、ひょっとしたらうまく世話できていないかもしれないという不安はずっとあります。あるときふと部屋の中の生きものが命を落としているんじゃないか、いつの間にか動かなくなっていて、腐って、それでも気がつかないままになってしまっているんじゃないか。姿を見られることにストレスを感じる生きものというのは多いです。だから、さまざまな数値を見えるようにして、姿を観察しすぎることなく命を管理できるようにしてありました。

ただ、においというものについて、ぼくたちが生きていく上でそれなりに重要なものだと思うんですけど、そのわりにはいまいち重要だと考えられていないよな、とも感じます。映像にしても、映画やマンガ、インターネットにしても、たとえばいま、こうやって送っているメールにしても、においという情報はさもそれらしく文字で書いて見せる以外には伝えようがないので、いつでも表現の世界からは置いてけぼりになっているんじゃないかって。

台湾には、夏元瑜《シア・ユアンユー》という動物学者がいました。かつて北京の萬牲園、現在でいう北京動物園の園長を務めていたという彼は、台湾に拠点を移した後は、大学の先生や動物園の顧問をしながら、たくさんの本を出していました。片手にペン、片手にメスと言われていたのは、彼が剝製制作とエッセイに特に優れた手腕を発揮していたためだそうです。ユーモラスで魅力的なエッセイを書く動物学者というのは、日本にもいます。この前にも〝王国〟についての話でお伝えした人物です。そして夏元瑜先生もまた、台湾でとても人気が高かったそうです。

パンダが欧米諸国に知られていった時期は清朝末期、その後パンダを国際的に贈る計画が始まった時期の中国は中華民国でしたから、北京で学び、活躍した後に台湾に移った動物学者が中華人民共和国のパンダ外交を複雑な思いで受け止めていたことにはまちがいがなかったと思います。

彼はパンダの剝製を、家畜など別の産業動物の毛皮でつくったことでも知られています。剝製が教育目的のものであって、工芸品としての質（というか造形の質、としたほうがいいんでしょうか）が高いものであるという前提ならば、希少動物のそれでつくるのとその機能はさほど大きくは変わらないわけです。いや、本物の毛皮でつくられているというだけの、造形もへたくそなぼろぼろの剝製なら、かえってとても良くできた化学繊維のぬいぐるみのほうが、その機能はずっと高いものになるでしょう。

ただこれが、科学的な情報の詰まった、たとえばＤＮＡだとか年代測定法に用いるための解析サンプルとして保存してあるものだという前提ならばどうでしょう。あるいは文脈を大事にする、というよりも文脈でのみ価値を見出していく芸術作品としてつくられたという前提ならばまた別の意味が生まれるのではないでしょうか。

解析サンプルとしてなら、明らかなぬいぐるみはまだしも、別の動物の毛皮の寄せ集めでつくられているものは、情報としてはノイズでしかないはずです。ジャイアントパンダだったら、クマの毛皮が使われているなんて情報のかく乱以外のなにものでもありません。ここでは本物と偽物というちがいのみが価値を大きく左右します。

いっぽう文脈の詰まった芸術作品として見るのであれば、本物でつくられているものはもちろん、別のものでつくられているものもまた、あらゆる情報の詰まった表現物であると見ることができると思うんです。つまり、その剝製になった実物の生きものの毛皮でできている場合は、そのことにこそ意味があるし、ちがう動物の毛皮からできている場合なら、そのことにこそ意味が発生します。

ですから夏元瑜のつくったパンダの剝製の場合、北京で生まれ、国民党政権下で動物園の園長まで務めた後、台湾で研究を続ける動物学者が、他の動物の毛皮で精巧なパンダの剝製をつくる、ということにこそ文脈があって、情報が詰まっているということです。

＊

四月、あのときモトコは花粉症のまっ最中だったから、マスクをしたまま駅に向かっていた。受験で入った私立の学校は遠くて、帰宅するにはメトロとJRを乗り継がなくちゃいけなかった。体調が悪く早退をしている途中だったこともあって、下を向き、有線イヤフォンで音楽を聴いていて、だから多くの人が自分のほうに走ってきていたり、うろうろ不安げにさまよったりしているのに気づくのが、ほかの人よりほんのわずか遅かったんだろう。

とはいえ結局のところその日、モトコはなにも問題なく家に帰ることができた。家にあったいくつかの市販薬を飲んで、横になって母の仕事の帰りを待ち、母が帰ってきたころには薬も効いていたから、夕飯の支度を軽く手伝いながら母とその日にあった話をした。

駅で起こった異臭騒ぎの原因は、護身用のスプレーによるものだったらしい。夕方のニュース番組でもくり返し、再現CGと駅前の映像が流れていた。黒いテーブルに置かれたスプレー缶の写真画像が映る。一点から照明を当てられた缶の表面には、咆哮《ほうこう》するクマのシリアスなイラストがプリントされていた。モトコは、クマ出没注意の看板を思い出す。そのスプレーは人をやっつけるための毒物ではなくて、人工的にひどいにおいのついた、クマをやっつける、いや、クマが嫌がるだけで本気でやっつけることはできない、ただ人を一時的に守るためだけ開発されたらしき商品だった。

モトコはスジを取り終えたさやえんどうの入ったボウルを母の横にまで持っていき、シンクの横に置いて、もう一度食卓のイスに座った。

「せめて花粉症の時期だけでも音楽聴くのやめたら」

モトコの母親はタオルで手をぬぐいながら続けた。

「不注意でまきこまれたら怖いでしょ」

母親は食卓の脇、チェストの上にある籐《とう》のかごから目薬くらいの大きさのボトルを取り出し、小刻みにものすごい速さで振りながら、モトコの座るイスのうしろに立った。モトコは自分の髪を頭頂部からうなじまで指先でかき分けて、両肩から前に垂らし、下を向く。モトコのつむじから髪の分けられた地肌に沿って、母親はその手のボトルから白い薬品を垂らしていき、指先で擦りつけていく。擦る力が強かったところでその症状が早く治るというわけでもないのに、母親の指先の動きは速く、強かったため、下を向いたモトコの頭は小刻みにぐいぐいと揺れる。

「なにか大事な声を聞き逃すかもしれないし」

「天啓とか？」

「やだ、そんな大層なもんじゃなくて、車内放送とか、そういうのだよ。ただでさえにおいがわからないし、目だって悪いんだから、せめて音だけでも聞こえてないと、危ないことから逃げられないんじゃないの」

「においって、危険の種類でいうと、見えるものとか聞こえるものとはちょっと別のものっていう気がするけど」

「でも、ふだんよりはそういう感覚が鈍ってしまってるわけだから、すこしでもましなほうがいい気がするよ」

母親は、ボトルのふたをしめながら、

「だいぶ治ってるっぽいね」

とも言った。モトコは、髪の毛をまとめ直してから、

「そうなんだけど、正確になにかを読めるとか、理解できるみたいなことと、においって、なんかちがうっていうか。料理の中になにが入っているかとか、悪くなってるんじゃないかとか、水が良くないんじゃないかとか、そういったものって、たとえば江戸時代とかだったら食べもの屋さんで出されたものがダメになってる、それで体を壊して命を縮めるってことだって、ちょくちょくあったかもしれないけど、いまはもうあんまりそういう危険はないんじゃないの」

「まあ、それを言ったら視覚だって聴覚だってそうだよ。昔のほうがいろんな危険が多かったんだと思うけど」

「そういう危険だったら、いまのほうが多いと思う。車だって自転車だって」

「いやあ、むかしはむかしでこわい野良犬とかそのフンとか、刀持ったお侍さんとか、タヌキ捕りの罠とかはあったんじゃないの。歩きながら携帯見てらんないだろうし」

「その時代、携帯はないわけでしょ。本とかは、あったのかな。瓦版？」

「そんなことといったらイヤフォンだってそうでしょ」

母親はキッチンに戻って、

「そうだ、明日、芙美おばさんと映画見てくるから。夜ご飯は鳥久でいいでしょ」

と言って、ボウルのさやえんどうを鍋にあけた。


あの映像は、初めての二頭、この国において最初の〝ひとつがい〟つまり〝アダムとイブ〟についてのものだったらしい。その二頭がお互い完全な愛情を持っていたか、というのはその二頭にさえきっとわからない。

着陸したのは羽田空港だった。ちなみに当時一九七二年の成田にはまだ空港の役割はなく、管制塔の代わりに岩山鉄塔が建っていて、いくつかのセクトが要所にサイトを構え、さながらロックフェスの様相を見せていた。

羽田に着いた日航特別機のハッチが開き、リフトでふたつのコンテナが降ろされる。まだカバーがかかった箱のままだから姿が見えないにもかかわらず、フラッシュがばちばち光る中、ゆっくりと箱はトラックの荷台に積みこまれていった。北京では新興《シンシン》と二興《アルシン》と名づけられていた二頭は、それぞれ別の名前が付けなおされていた。輸送用のコンテナに貼りつけられた〝康康君〟〝蘭蘭さん〟の文字は、赤い鶴の日航マークがついた紙に書かれ、コンテナの横腹にはペンキで〝大パンダ〟の四文字が大書きされていた。

上野動物園に入ってきた阪急交通社のトラックの積み荷のふたが開く。数人の男性が荷物の箱の横や後ろにいて、そのうちのひとりが荷物にかぶさった布をはぐった。格子のついたふたつの箱に入っているのは、それぞれ一頭ずつの個体だった。そのときの撮影ではフラッシュを禁じられていたものの、長旅に疲労したその大きくてかわいらしい生きものたちは、集まっていた記者の多さに困惑したように身じろぎをする。

雌のほうがそのようすにおびえて後ろを向き奥のほうにいて、雄のほうが好奇心が強く元気そうだったのを、報道陣は「やっぱり男のほうがタフだな」と喜んでシャッターを切った。

＊

篠田さん、こんにちは。

ジャイアントパンダを最初に〝発見〟したのは、フランス人でした。いや、森の中のジャイアントパンダを最初に見つけた、という意味での発見なら、それは当然その竹林の近くに住む人なわけですけど、それも、人というのを現代のホモサピエンスに限ればという前提にした上で。ただそのころだって、もうずっとその森でジャイアントパンダはジャイアントパンダという名前ではなく、シロクマあるいはヒグマと呼ばれていたらしいのです。ひょっとしたらそれは、白い部分と黒い部分とが別々に発見されてでもいたのかもしれません。あるいは、手足の黒く汚れたシロクマか体の白く汚れたヒグマとでも考えられていたとか。

エジプトのツタンカーメン王墓をそれだと発見したのはハワード・カーターというイギリス人でしたが、ふだん生活の視界に入る場所を考古学的な意義深い遺跡だと気づくことが〝発見〟という行為なのだとしたら、いま世界にあるすべてのものが、本来の意味ですっかり発見されているのかはどうも疑わしいようにも思います。

そんなわけで、ジャイアントパンダがジャイアントパンダと名づけられ、アイルロポダ・メラノレウカという学名がついて分類・研究がされ始めたのは、中国ではない別の国の人たちによってでした。そのことは、当時の中国の研究者にすくなからず問題視されていたそうです。近代的な博物館の展示というものが始まる以前の中国では、ヨーロッパの考古学者に発見、発掘されて持ち去られたものがたくさんありました。当然、それらは中国のものなんですが、ただそれよりさらに以前から、その分類も考古学的価値も曖昧《あいまい》なまま、あらゆる古物が土産物として気軽に売り払われてしまうケースもあったといいます。ジャイアントパンダなんて、ヨーロッパで毛皮や骨によって生物分類や研究がされるまでは、ごくたまに罠にかかる、変わった色のクマでしかなかったんでしょう。

当時の中国、ええと、清という国？は厳密にいうといまのような近代的国家とか政府とはちょっとちがっていていわゆる〝王朝〟というものでした。いろんな民族がいろんなところで統治機構を作って運営している集合体みたいなものです。たとえばアメリカが建国されてしばらくのあいだいろんな州で別々に統治されていたり、日本の戦国時代がたくさんの国に分かれていたように、世界の国というものはかつて、どこもそんなものだったのかもしれないな、とぼくは考えています。そうして、中国に近代的な博物館が設立される流れは、その清朝の末ごろに生まれました。

そこからさらに時代が進んでジャイアントパンダの贈与が難しくなり始めた一時期、ひとつの試みが生まれました。雑技団による公演という形での派遣です。といっても、ジャイアントパンダにさせる芸当というのは、それなりに訓練され曲芸を仕込まれたといったって飛んだりはねたりはできませんし、かわいらしい生きものであるというだけで、転がってみせるだとかおいしそうに竹を食べるだとか、そんなものでも充分でした。ただこのことは当然ながら、贈与以上に重要な問題をはらんでいると考える人々もいました。

これは、かわいそうというふうな感情論や倫理的な問題というより、ミュージアムというものはどういう場所であるべきか、という話につながっていきます。

ぼくは、博物館の中にいるものは、本来の意味での〝生きているもの〟じゃないと考えています。標本とか剝製とかそういうことではなくって、命の問題からある程度切り離されている場所、という意味です。たとえばそのミュージアムが動物園になると、そこにいるのは生きものだけど、厳密には生きものというのとはちょっとちがうものだと考えることができます。〝野生〟でも〝ペット〟でもない、それらの生きものが集まる動物園というのはすごく特別な場所なんでしょう。だから、動物園にいる生きもののオリをぜんぶ壊して自由にする、というふうなことは人類がいちばんやってはいけない行為なんだと、ぼくは思っているんです。

では。

＊

あれ、あんたいたんだ、と言いながらリビングに入ってきたのは姉のキョウコだった。手に提げていたおなじみのいなりずしの箱が入った袋をリビングの机に置いて、そのあと二、三度鼻をかすかに動かしてから、

「なんかくさくない」

と言った。モトコはその言葉で、自分の体にあの生きものたちのにおいがしみついているんじゃないかと不安になった。においなんて慣れてしまうものだろうし、もともとモトコはそれほど自分の嗅覚を信用していなかったし。キョウコは、

「こんな時間にいるの珍しいね」

とたずねる。

「きょうは仕事がないから」

「カラオケのほう?」

「うん」

「続くねえ」

「休みの日に家にいたって、べつに、なにもすることないし」

本当のことを言えば、モトコはこれから村崎さんの部屋に行って生きものの世話をしようと考えていたし、明日の仕事終わりには村崎さんとのやり取りで気になっていた部分の調べものをするつもりだった。

「しばらくは出ることもなさそうだね」

「なにを?」

「家を」

「だって、出る理由ないから」

「まあ、そうだけど」

モトコにとって、メトロの駅に近いこの家を出てひとりで暮らす利点なんてほとんどない。この家は父と母とキョウコとモトコが暮らしていた場所で、いまは、キョウコ以外の三人が家族として、手わけをしながら暮らしている。子どものころからずっと、家族との衝突なんてほとんど経験してこなかったモトコにとって、もういいかげん成人をした家族が三人で暮らしている状態は、とても気持ちが楽だった。なにか突発的な強いできごとが起こらない限り、この状態を維持しようと考えて動くことはそこまで苦痛ではなく、もし変化していくとしてもゆっくり、うつりかわる環境の流れにのっていき続けることが、モトコだけでなく、家族だけでもなく、なんというか、世界の側にも負担がすくないのだろうと思えた。

「薬だってひとりじゃうまく塗れないし」

「え、あんたまだ使ってるの、あれ長く使うと良くないって聞いたけど」

「もうだいぶ減らせてる。週一くらい。でも、止めちゃうとまた戻っちゃうかもしれないのが怖い、らしいよ」

「森先生のところの？」

「そう」

「そうか。芙美おばちゃんの足は大丈夫なの」

「もう平気みたいだけど、まだ、お母さんが週一くらい行ってる」

「そうか」

キョウコはしばらくそんなふうにして家でぼんやりし、帰っていった。

＊

村崎さん、こんにちは。

すこし前、村崎さんが遠隔で私に生きものの世話をさせている、というふうな言いかたをしたことがあったと思うんですけれど、そうやってお金を出したり、手を貸したりしあいながらほかの生きものを生かすというのはすごくおもしろいことだと感じました。

たとえば、たくさんの人がオンラインカメラみたいなもので好きなときに好きなようにその生きものの姿を見ることができて、ウィッシュリストで購入すればその場でご飯やおやつをあげることができて、ロボットを操作して散歩をさせることができて、排泄物など飼育場所の掃除ができて、必要な病気の治療やワクチン接種をさせることができて、通話機能で呼びかけることも、ロボットアームで撫《な》でたり抱っこすることもできる仕組みがあるとして、じゃあ不特定多数にそんなふうにしてかわいがられている生きものを飼っているのはだれなんだろう?と考えました。この場合、システムが生きものを生かしていると言いつつ、システムだけでは、その生きものは生きていけないわけです。飼育という行為がもし通勤や家事などのように労働の一部なのだとしたら、労働を代替する技術は人から何を奪って、何をしなくて済むようになるんでしょうかね。

では。

＊

　モトコが朝来ると、すでに会社には大沢さんがいて、ＰＣに向かっていた。そんなことはいままでめったになかったのでモトコはとてもびっくりする。大沢さんはキーボードの前に突っ伏して、ぐったりしていた。

「え、なんでいるんですか」

「大変だったんだよ。昨日の夜からだよ」

「なんで」

「地震だよ。知らなかったの」

「え、どこでですか」

「中国。昨日、午後に大きい地震があったの」

「中国って、外国の中国」

「そう」

「中国のどこですか」

「なんで、気になるの」

「いや、知りあいがいるかもしれなくて」

「そうなんだ。連絡つくといいね。えーと、中国ってさ、こうなってるじゃん」

大沢さんは両腕を使って横に長い円を描いてから、真ん中あたりを右手で指差し、

「このへん」

と言う。

「ゆうべからずっと地図入れこむのとかやってたから、詳しくなってしまった」

と大沢さんはあくびをかみころしてから、

「きょうはさすがに定時に帰るからさ、帰り、ご飯食べよう」

「早く帰ったほうが良くないですか」

「早く帰ったところで寝られないからなあ。明日さすがに休みにするし」

業務が終わってから大沢さんとどこかのお店に入るのは久しぶりだった。ここ最近、モトコはなるべく急いで村崎さんのマンションに向かっていたから、そもそもだれかとご飯を食べたりお酒を飲んだりすることがほとんどなくなっていた。

大沢さんが、置かれたモトコの携帯の画面をのぞきこんで、

「あ、リンリンじゃん」

と声をあげる。

「えっ」

「それ、リンリンでしょう」

大沢さんがモトコの携帯端末に手を伸ばして軽く持ち上げ、待ち受け画面をじっと見てから、

「うん、まちがいない、リンリンだよ」

と繰り返す。それはモトコが以前、村崎さんから送られてきたメールに添付されていた画像を待ち受け画面として登録していたものだった。

「パンダの顔って、こんなちいさい写真だけで見分けがつくものなんですか」

「うーん、私は海外にいるものは詳しくないし、子どものころとかだと顔のちがいが、まだあんまりないからよくわからない場合もあるけど、リンリンはもう完全な大人だし、日本にいるし」

「リンリンっていうのは、日本にいるんですか」

「もういないよ」

どうやら、大沢さんによるとリンリンと呼ばれるそのジャイアントパンダは、上野に長くいた個体で、四月の末に命を失ったのだという。

「娘さん、がっかりしたんじゃないですか」

「そう。トントンいなくなってから上野にはもうずっと、リンリン一頭しかいなかったんだよ、だからいま、上野にジャイアントパンダいないんだよ」

モトコはそんなことすら知らなかった。世の中の多くの人はこんなふうにジャイアントパンダについてのニュースを気にかけて、来ることに喜んだり、いなくなることに悲しんだりしているんだろうか。モトコはアイドルグループの顔の区別がつかない父や、野球選手の顔がみんな同じに見えるキョウコのことを思い出していた。

「ジャイアントパンダっていうのは二種類いるんだって。ちょっと離れたところで生きてた野生の二種類どうしがあまり混ざっていないらしくって、種類としてはけっこう別物になって進んでしまっているらしい」

「暮らしてるところが遠いんですか」

そうたずねるモトコに大沢さんは、きょう仕事でやったのと同じ空中に楕円《だえん》を描いてから、真ん中のちょっと上あたりと斜め下あたりを指さし、

「こっちと、こっち。四川と、秦嶺《しんれい》」

「それだと、遠いんだか近いんだかわかりませんけど」

とモトコが言うと、大沢さんは強調するように何度か楕円を描いて、

「この部分がもう、すごいでかいから。あと、ジャイアントパンダってあんまり遠くまで移動することが難しいからじゃない」

「ぜんぜんちがうんですか」

「なんか、亜種レベルでちがうらしいよ」

「そんなに」

と言ってみたモトコは、でも、その亜種レベルというものがどのくらい大きいのかわからない。しばらく黙って、もう一度たずねる。

「具体的には、どこがちがうんですか」

「ええとね、四川亜種のほうが顔がクマっぽくてとがってて、秦嶺亜種のほうは丸くてネコっぽい、らしい」

　模様や色のちがいだと思っていたモトコは、驚いてえっと声を漏らし、

「私はその二種類を見分けられなさそうです」

と大沢さんに言った。きっと、大沢さんにははっきり見分けがつくんだろう。たとえば日本人と西洋人くらいに。

「日本人にだって丸顔の人と面長の人がいるんだから、それは個体差みたいなものなんじゃないんですか」

　と言うモトコに大沢さんは、

「いや、きっと細かいいろんなちがいがほかにもあると思うけどさ、我々が見てわかるのなんて顔と模様くらいだし」

「まあ、そうですよね」

　大沢さんは一度レモンサワーのグラスに口をつけてから、えいひれを前歯でちぎり、つくづくつぶやく。

「いや、それにしてもきょうは大変だったあ」

「いやほんと、おつかれさまです」

「夏になったらまた、忙しくなるよ」

「なんかあるんですか」

「オリンピック。地デジが始まって最初の大きいイベントだからね、きっとテレビ買い替えも増えるだろうし。しかも北京でしょ、地震もあったし、大変だよね」

モトコはグラスビールに一度口をつけテーブルに置いてから、大沢さんに、

「あ、そうだ、ちょっと待ってください」

と言いながら自分の端末を操作して、その画面を差し出して見せた。この動画、どう思いますか。と出した端末に大沢さんは手を添え、その画面にしばらく見入った。動画は数秒の短いもので、画面を消さない限り、くり返し再生される。

「なに、これ」

大沢さんのろれつはすでにだいぶ回りづらくなっていて、画面を見る目は半ばとじかけている。ああそうか、大沢さんはきょうずいぶん長いこと仕事をして、そのあとお酒を飲んでいるからきっととても眠いんだ、とモトコは改めて申しわけない気持ちになる。子どもの世話もあって毎日大変な上、お酒を飲むのも久しぶりだと言っていたし。

「あ、別になんてことないものなんですけど。友だちから送られてきたものなんです」

「これ、ここ、服、襟っつかシャツの胸の部分?が一瞬見えてない?」

大沢さんは、モトコよりも専門的に映像の勉強をしてきた人だった。映画なんてモトコの数百倍は見ているだろうし、学生時代のいっときは、自分で映画を撮ることもしていたと話して

いたことがある。

「たぶん、だけど」

大沢さんは画面から目を離さないままで、

「これ、なんかの中から撮ってるやつだよ。うん、で、開いた瞬間に……あー、これ」

と言ってから目を離してイスに深く背をもたせ掛けて、

「駅だ」

モトコはまだ、大沢さんに見せるためにひっくり返った端末で、その逆さまに見える画像から目を離さないまま、大沢さんの話の続きを聞いている。

「どこの駅かはわからないけど、これ、都内じゃない？　ＪＲとかの、広い乗り換えコンコースがあるような。山手線とか。音は入ってないんだ？」

「はい」

大沢さんは居酒屋の天井に目を泳がせる。でもそれは具体的に天井を見ているのではなくて、おそらくなにか別のことを思い返す仕草だった。

「……コインロッカー」

モトコと大沢さんはほとんど同じタイミングで言葉に出した。モトコはそのあとすぐ、「……ってことですよね」と言い加えた。大沢さんは、

「そう、それでね、こうして」

大沢さんはグラスにモトコの端末を慎重に立てかけ、

「なにかで固定して、動画撮影を始めてからいったん閉めて、開ける。それか……」

「開けるときにスイッチが入る仕掛け、とか？」

「それだと、開いてから以降の映像しか撮れないよね。開く瞬間は撮りそびれると思う。タイマーとか使えば、なんとかなるかもだけど」

「なるほど」

「それか、閉めたところまで撮って、編集して逆回しにして開けてるみたいにしているのかも」

「向こうにそういう動画を編集するような環境なさそうですけど」

「それぐらいなら簡単だよ。ていうか、送り主にきいたらいいじゃん」

「そうなんですけど、いま遠いところにいて、忙しそうなんで、それに――」

モトコはそこまで言って、話し相手の大沢さんがテーブルに突っ伏しているのに気がついて、グラスに立てかけられた端末を持ち上げて画面に見入る。これは、ほんとうに手ちがいで送りつけられたものかもしれないし、村崎さんがひっそりと送ってよこした、なにかとても重要な世界をゆるがすメッセージかもしれない。でもその答えを本人に確認することは、なんだかほんとうに最後の、たとえば会ってからの答え合わせにしたいのだ、という考えは、結局モトコの口から大沢さんには伝えられずじまいだった。

＊

村崎さん、こんにちは。

こちらでも、中国の地震のニュースがたくさん流れていて、ちょっとびっくりしています。観光客や現地で働く外国人もたくさん被災していると報道されていますが、その個人的な詳細までは流れてこないので。

＊

いままでのメールも、書いてから送る前に消して書き直す作業を繰り返してはいたけれど、今回はいっそう特別で、これ以上の文章を書くことは、モトコにとってとても難しかった。たとえそれが絶対に送ることのない下書きだったとしても、モトコはそこから先のテキストを進めることができなかった。これ以上の文章を打って、その先をいろいろ予測し分岐させて選択していったとしても、どうしたって自分の感情を混ぜすぎたものになってしまう気がした。無事でしょうか、ならまだ良いほうで、心配していますとか、どこにいてなにをしているか知りたいとか、そういう脳の中に溶けこんでふんわり存在している考えを文字にしてしまったら、それはきっと、モトコの中で思考として明確な形を持ってしまう。これらのどれも、受け取って読む村崎さんにとって以上に、送るモトコ自身にとって良いことになるとは思えなかった。これらうっかり思ってしまったことを、さらにうっかり送信してしまいそうで、脳の中のものを引っ張り出してキーボードに打ちこむことだけでもためらわれた。

モトコは自分の部屋のベッドに腰をかけ、足もとに置いたバックパックをひざにのせてサイドポケットの携帯端末を取り出そうとして探り、指先に当たる柔らかい樹脂の手ざわりに気づいてそれをつかみ、取り出した。ベッドから立ち上がり、部屋の窓際、窓枠のサッシの手前に、以前から置かれていたいままでのそれらと並べて、手の中に握っていたものを置いた。それらは片目が擦れてなくなっていたり、明らかにくちばしではないところにオレンジ色が塗られていたり、頭の横にもうひとつコブのようなものがあったりと、ひと目見てすぐにわかるなんらかの不具合を持った小さなアヒルのおもちゃたちで、でも、こんなふうにいくつも並んでいるとその不具合はたくさんあるほどどうでもよく見え、むしろそれぞれの持つちょっとだけ都合の良くない特徴、もっといえば、量産される過程にふと生まれたかわいらしい目印みたいにも感じられた。それにこれらには量産された正解があるから、その正解と比べてみてやっと気がつくというだけのことで、モトコにとってはほんとうに些細で、心底どうでもいいものだった。

モトコは、村崎さんがなにか大きなことをたくらんでいると考えていた。そうして、そのたくらみに自分の働きがとても重要なひとつの装置になっているという、うっかり社会の側にこぼしてしまったらひどく恥ずかしい仮説を脳の隅に抱えながら、さもなんでもないふうに働き、家のことをし、毎日の暮らしを送っている。

そのことが、モトコにとってはとても大きな、でも世界のさまざまな場所に散在するほかのものに比べればずっとささやかな、それは〝信仰〟なんだろうとモトコは考えていた。たくらみそれ自体が本当のことかどうかなんてそこまで重要じゃなかった。だから本当か嘘かをうっかり暴いてしまうこと、というか暴いてしまおうという考えが生まれること自体が、モトコにとってはとても恐ろしく思えた。こんなふうに自分の頭の中ではっきり形を持たない信仰にきちんとしたアウトラインを持たせまいとすることは、頑として神様に形をあたえたがらない世界の多くの人々のふるまいと、よく似ていた。

＊

篠田さん、こんにちは。

心配してもらっちゃって、かえって、なんだか申し訳ない気持ちです。地震、すごかったみたいですね。実のところぼくはいま、そのあたりにはいなくて――というか台湾、にいます。

だから大丈夫です。

台湾というところはすごく暖かくって、あちこちにお寺というか祠《ほこら》というか、そんな祈りのための場所があるんですが、そこでは日本で使われているものよりずっと長くて太いお線香が焚《た》かれています。その道の前を通ると車道にまで煙があふれてきていて、ぼくはあいかわらず鼻が詰まっていてにおいがわからないのですが、その煙が見えるので、この近くに祈りのための場所があるんだなと気づくことができます。

仏教では〝香食《こうじき》〟といって、命をなくした人は食事ではなくにおいを食べると考えられているのだそうです。だから日本でも四十九日のあいだは線香を焚き続けるという決まりになっています。いまの科学的な理屈にあわせて考えれば、それは冷房もなく衛生状態が良くない昔に、体が腐敗して周りににおいがただよってしまうときの対策として行なわれていたんだろうとか、線香の火を絶やさないようにするいわゆる〝寝ずの番〟をすることで、古い時代の医学のまちがいで、ほんとうはかすかに生きていたのに見捨てられるとかいう事態を予防したんじゃないかな、とも思えますが、もしほんとうに命をなくした人がにおいを食べるのだとしたら、じゃあぼくみたいなにおいのわからない者はなにを食べればいいんだろうと考えてしまいました。まあ、いろんな知覚に不都合がある人というのはいつの時代も世の中にたくさんいるでしょうけれど、ひょっとしたら生前のそういう不都合は、あっちの世界だとないことになるのかもしれません。

人は命をなくす瞬間にはどんなにおいを嗅ぐことになるんでしょう。そもそも人というものがもう人生の最後だというくらい弱っているときなら嗅覚なんてまともに働かないような気もしますが、最後になにが見えるか、なにが聞こえるかに心を配ることがあっても、なにがにおっているかについてはあまり気にされないんじゃないか、と、この暖かい場所でぼんやりとしていると、なんだか他愛もないことをつらつらと考えてしまいます。

台湾には、まだジャイアントパンダがいません。近々贈られるらしいことが計画されていて、そのことは大きな、ある意味でとても明るいニュースになっています。というのも、今年の春に台湾では総統選挙がありました。台湾はいちばんえらい人を選ぶのも直接選挙ですし、期日外投票も在外投票もできないので、みんな投票のために一斉に帰国したりして大変なことになります。投票率は八〇パーセント近くあります。その選挙があって、馬《マー》さんという人がついこのあいだ、台湾の総統に決まりました。経緯や理由はちょっと長くなるので省きますが、中国と親しいほうの政党が力をつけたことで、中国から台湾にジャイアントパンダが来るかもしれない、というムードが高まったんです。

台湾は、野生のジャイアントパンダが暮らすエリアとはずいぶん環境がちがいます。しかも大陸とは離れた島なわけですから、台風の多さや湿度なんかを考えても生息に最適な環境というにはちょっと厳しい。ただ、台湾には台湾黒熊と呼ばれる固有の、厳密にはツキノワグマの亜種のクマがいます。というか台湾は亜熱帯から熱帯の森深い島ですから固有の生きものがかなりたくさんいます。中国の山を見ていると、この山肌ならドラゴンくらい飛んでいきそうだな、という気持ちになりますが、台湾の中央部分にも、なにかの幻獣はひょっこり出てきそうだなという山や森がたくさんあります。それこそ、ジャイアントパンダなんてなんでもない、目の前を通り過ぎても、なんか変わった柄の大きなネコだと思えるくらいの場所というか。

そんな台湾だからでしょうか、むかしちょっとした都合の悪い騒ぎが起こりました。台湾の南にあった、さほど大きくはない私立の動物園に白と黒の色分けグマがいるというニュースが流れたのは一九八七年の冬でした。動物園の所有者は「マレーグマと台湾黒熊を交配させて作った白黒のクマ」であるという振れこみでお客を呼び込んだようですが、動物園のその飼育場所には警備員を配して、研究者もあまり近づけないようにしていたようです。そうして実際のところ、それは染色されたクマだったということで騒ぎは落ちついています。

この前も書きましたが、動物園というのはとても難しい場所です。そのことをぼくは、博物館としての役割の中に〝命〟という不確定要素があるからなんじゃないかとずっと思っています。これが標本の陳列室や映像アーカイブみたいな場所であれば、ここまで大きな問題は起こらないんじゃないでしょうか。絶滅危惧種の繁殖や、イルカショーや、マングースとハブの対決、少数民族と呼ばれる人間の展示、戦争中の動物の処分、それらかつて、世界のあちこちで起こった問題はすべて命にまつわる難しさに関係したものを抱えているように思います。どんなふうに良い言いかたをしたって、動物園は入場者が増えることに努力をするでしょうし、珍しい動物が見たいという欲求にいくら教育や自然保護の啓蒙という建前をあたえたとしたって、それはどこか見世物的な意味を帯びます。過去の日本にあった衛生博覧会という見世物小屋は、梅毒患者や身体に不都合がある人の写真や、ときには実物を、入場料を取って見せていました。いまの人たちにとってみれば、それが医療の啓蒙のための展示だという大義は、ただのおためごかしに聞こえてしまうのは確実ですからね。

ジャイアントパンダみたいなその国の象徴になっている動物を絶滅させることは、その国にとってものすごいアイデンティティの損失になるのかもしれない。けれど、こういうことは、ひょっとしたらぼくたちにとってみればあんまりぴんと来ないことなのかもしれません。日本は固有種のオオカミがとっくの昔に滅びているし、トキもいまは中国から来たつがいの子孫が増えているので。まあ、ニホンオオカミっていう生きものは成長してもせいぜい十五キログラムの、ほとんど中型犬くらいの生きものだったらしいですし、種の分岐後にイヌと交雑していた説もあるらしいですから、それらを厳密に管理して増やしたり減らしたり、ということにまで当時の日本の人々の関心は回らなかったんでしょう。トキにしたって、日本の野生にいたものは絶滅してしまいましたが、中国のものとほとんど生物学的な差がないわけで、絶えず空を飛んであちこち行ける生きものや、いくつもの山を越えて駆けまわっている生きものにとって、国の境なんてどうでもいい、しょうもないものなんでしょう。けれど、いまのところ経済活動というものは国の境を前提として行なわれているわけで、その中で狩猟採集を続けることを罰する法律がなければ、気づかないうちに最後の一匹まで狩られてしまう可能性もあるわけです。CITESというのはまさにそのためにある約束ごとで、輸出入で生きものを（それが生きているか死んでいるかは関係なく）やりとりすることに制限をかけることによって、防げることもたくさんあるんだろうという考えがそこにあります。

自然界で、進化の過程で絶滅していく生きものというのはほんとうにたくさんあって、いま確認できている八百万種のうち、百万種が数十年以内に絶滅すると言われています。これまで、人間はそれらのうち「人間の介入によって絶滅する・した生きもの」に注目してきました。人間が科学の発展や進化によって絶滅させるのも自然の摂理なら、そのさらなる研究によって保護したり繁殖環境を整えるのも、自然の中に生きる人間の営為だという考え方です。小さな虫を農薬によって絶滅させたら、それを餌にする鳥に影響があり、まわりまわって作物にも影響が出る、世の中のすべてのものはあらゆる要素に関わってきますから。

あいかわらず、なんだかだらだらと長い上にずいぶんとりとめのない話になってしまいました。この前篠田さんと電話してから、日本語が通じる人と、とりとめのない話をしたいという欲が出てきたのかもしれません。というのも、もうすぐこのばたばたも終わって、そうすればいよいよ帰国です。早く帰って、家にいる生きものたちの世話をして、あの中華料理屋さんに入って定食を食べ、冷えたコーラを飲みながら篠田さんととりとめのない話をしたいです。中国ってコーラを頼むとぬるいものを出されることがけっこうあって、台湾に来るとずいぶんコーラが冷えてるなって思いました。

では、また。

＊

四川省、アバ・チベット族チャン族自治州の汶川《ウエンチユアン》を震源地として現地時間五月十二日十四時二十八分、政府によって汶川地震と名づけられ、報道では5 1 2大地震などとも言われるマグニチュード八・〇級の非常に大きな地震が起こった。日本では多くの場合、良く知られている省の名を取って四川大地震と報道されている。

汶川にあった臥竜《ウオーロン》中国ジャイアントパンダ保護研究センターはこの地震によって甚大な被害を受けた。当日は雨が降っていた。労働節（メーデー）連休が終わり、入場者は海外からの観光客がまばらにいるくらいの状態で、昼食を終えたジャイアントパンダたちはみなめいめい運動場や舎内にいて、ほとんどは食後の睡眠をとっていた。

揺れが始まってから山崩れ、土石流のようなものも含め一連の現象がひとまず収まるまでおよそ九十秒だった。この時期に降る雨は、本来なら筍をはぐくむ雨になる。周囲には豊富な竹林が広がっていた。竹は通常根が広くはるため地震に強いと知られている。にもかかわらず、それらを覆い潰すほどの大規模な土砂崩れが起き、山肌ごと、センターの設備のかなりの部分が破壊された。鉄骨組みの電柱はぐんにゃりと揺れながら倒れ、昼なのに雨雲と砂ぼこりで太陽光が遮られたため、あたり一帯が夜のように暗かった。目を開けることができず、目を開けたところでなにも見えない。布で口をふさがなければまともに息もできなかった。人間がそうだったのだから、ジャイアントパンダだって同じだったろう。センターにいたジャイアントパンダは全部で六十三頭。施設は飼育場も柵《さく》もすべてめちゃくちゃになり、囲いを失った大人のジャイアントパンダはパニックに陥って逃げ出し、子どものジャイアントパンダは森のあらゆるすき間に潜りこんでしまう恐れがあった。通信も電気も水も途絶えていた。施設の出入り口は土砂落石で埋まってしまい、避難経路を探る必要があった。地の利がある職員が藪《やぶ》を開いて道をひらき、数人ずつ注意ぶかく、出入り口を迂回し駐車場のバスまで観光客の避難誘導を済ませた。その後職員が急いで繁殖場に向かうと、灰色一色になった仔パンダが身を寄せ合っていた。十四頭、全員無事で揃っていた。ただ、心配事はまだあった。幗幗《グオグオ》は最近に交配を済ませたばかりのメスで、妊娠の可能性が高かった。大人のジャイアントパンダはパニック状態だと人間を襲う場合があるので、こういうときは通常麻酔を用いて捕獲する。けれど妊娠中のジャイアントパンダに対して麻酔を用いるのには危険があった。その上、妊娠期間とくに体調が不安定になるパンダの体は、気温ひとつ、湿度ひとつで流産死産の危険があるため、救出搬送は慎重に行なわなければならなかった。

そうしてここにはまた、台湾への譲渡が決まって移送を近々に控えていた団団《トウアントウアン》と圓圓《ユエンユエン》という二頭のジャイアントパンダがいた。彼らの飼育舎は全壊したが、そのとき二頭はちょうど外に出ていたため命を失うことはなかった。団団はすぐに見つかるが、圓圓は遠くまで逃げ、しばらく見つからなかった。また、今年の夏に行なわれる予定の北京オリンピックに出演するためインターネットで人気投票を行い、選ばれていた八頭のジャイアントパンダは、間もなく北京に向かって旅立つところだった。もちろん、そのほかの個体だって、すべてどれ一頭として失われてはならなかった。

〝毛毛《マオマオ》〟
〝小小《シャオシャオ》〟
〝妃妃《フェイフェイ》〟
〝茜茜《シイシイ》〟

瓦礫《がれき》の中、山肌の崩れ果てた臥竜渓谷に、消息不明のジャイアントパンダの名を呼ぶ職員の声が朝も晩も響く。

布でくるまれたジャイアントパンダを数人で担いで運びだしていく。麻酔で捕獲したものも含め傷は軽微だったが、飼育舎は破損がひどく、残った場所を一時的に割り振ったもので、充分なものではなかった。それぞれの個体はショック状態なのか、背を丸めて小さくなっているものが多い。飼料の竹も用意が難しく、栄養のために臨時で粥《かゆ》を出すことにした。職員の備蓄食料も限りがある中、何人かずつ交代で二十四時間、ジャイアントパンダの飼育管理をした。水も電気も思うように手に入らず、衛生的な環境を整えることが難しかった。電気も通信も途絶え、交通も滞り物流が途絶えている状態が続いたが、地震発生の二日後の十四日、限定的に通信が回復する。その日の夕方には軍のヘリコプターが臥竜に到着、重傷者七人を、続く翌朝には三機のヘリコプターが三十五人の外国人観光客を救助した。十六日の午前、四川省林業庁の王平氏が救援作業を指示しこちらの状況を中央に報告する。国家林業局は、緊急に食料物資やジャイアントパンダの飼料を集め、余震の続く中、当日のうちにと臥竜保護区へ運んだが、届いたのは深夜だった。

　六十三頭のうち、近々台湾に送られる予定の圓圓が十八日に保護されたのを初めに、瓦礫の中で行方不明だったジャイアントパンダが徐々に見つかっていく。命を失っていたのは毛毛だった。最後の最後まで行方が判明せず消息がわからなかったジャイアントパンダは小小。重慶の動物園で暮らす新星《シンシン》という母親から、二〇〇二年に生まれた個体だった。

　国家林業局は十八日、今回の地震において臥竜自然保護区管理局で五人が死亡したこと、ジャイアントパンダの飼育小屋三十棟のうち、十四棟が全壊、ほかの棟も建物の損壊が激しいことを発表した。

　飼育、研究環境の復旧の難しさから、ジャイアントパンダの迅速な移動が求められた。四川省、成都市の中心地から一二〇キロほど離れた雅安碧峰峡《ヤーアンビーフェンシア》にジャイアントパンダの飼育場がある。二〇〇三年から運用されている比較的新しいその場所に向かい、余震の続く中パトカーに護衛されながらまず向かったトラックに乗っていたのはいわゆる〝オリンピック・パンダ〟の八頭。彼らはさらに四川から空路で北京動物園に向かった。計画されていたオリンピック・パンダのさまざまなイベントは中止または延期され、八頭の心身のケアが最優先された。

被災したジャイアントパンダたちは、たびたび起こる余震におびえ、拒食に陥り、体重を減らすものもいた。飼育環境の変化で苛立《いらだ》ち、他害的にもなった。あるいは気力を失い、一日中同じところに座ってぼんやりもしていた。雨や雷によってパニックを起こし、飼育所から飛び出してしまうこともあった。飼育員も栄養や医療品の足りない中、腰の痛みや手足のしびれ、不眠に悩まされつつ、ときに怪我をしながらも瓦礫の中でジャイアントパンダを助け、守り、飼育作業を行なった。もちろん彼らもまた被災者だった。

世界のあらゆる動物園がそうであるように、危機に瀕した貴重な生きものは、そこで働くアーキビストたちによって護られなければならなかった。たとえ彼らがふだんは平和な世界で生きものを育てる仕事に集中していたとしても。

＊

篠田さん、こんにちは。

きょう、あのバイト先にあるロビーのことを思い出していました。店でアルバイトをしていたころ、夜中から昼まで仕事をこなしながら、天井に塗られた青い色はずっと、ぼんやりこれは空なんだろうなあと思っていたんです。つまり上の青が空の色で、下の青はなんとなく床というか、青いビーチのイメージカラーとかそういうようなものなんだって考えていました。でもいまになって思い出してみると、あの天井と床の青は、どちらも水だったんだと気がついたんです。思うに、積み上げられた段ボールやビールケースにイルカたちの絵が隠れてしまっていたので、あのときは気づくことができなかったんですよね。

エレベーターで上がってきてまず入るあのロビー、ぼくたちがいくばくかの生活の糧と引き換えに時間を使ってモップをかけ、レジを打って、すきま時間にふくびきのくじを作ったり、アヒルの目玉がないやつをはじいたりしながらまともなやつだけをゲーム機の中に詰めたりしていたあの場所は、便宜上、あのイルカたちが泳いでいるのと同じ水の中という設定だったんです。

とはいってもこのことはただの設定、それこそデザイン的な解釈上のことであって、だから世の中のほとんどの人、もちろんあのお店で働いている人たちにとっても時給にちがいはないし、こなす仕事も変わることはないので、どうってことのないものだったのかもしれません。でも正直な話、ぼく自身にとってはものすごく重要なことでした。つまり、あの壁のイルカやイソギンチャクといったものたちは、水族館の展示室の向こうにある水槽みたいなところにいて、ぼくの側は水槽のぶ厚いアクリルを隔てた場所、水族館の人間の側としてイルカを眺めることができているのだと思っていました。でも、そうではなくって、ぼくたち側もイルカたちと同じ、つまり水槽の中にいるという立場だったんです。

この驚きは、ベラスケスのラス・メニーナスっていうとても有名な絵があるんですけど、それを初めて、いや、本物の絵じゃなくて教科書とかでですけど、あの絵を初めてちゃんと見たときの驚きと同じ種類のものだったと思います。その絵はいわゆる肖像画、しかもその家族というか一族というか、王族の娘さんを中心に据えた集合肖像画です。ただ、普通の家族写真的な肖像とは明らかなちがいがあります。娘さんの横には絵を描いている最中の肖像画家がいて、娘さんの父母は、絵の中で壁にかけられた鏡に映った姿で描かれています。なので設定としては絵のこちら側、見ているぼくたちの側に肖像を描かれているはずの夫婦がいて、絵の主人公の娘さんというのはここでは肖像に描かれているという設定ではないのです。

このショックは、紙に刷られた絵だとばっかり思っていたものが、その中と、ぼくがいる世界が完全につながってしまっているのに気づいたことによるものなんだと思います。つまり、ぼくの人生にとって風景の中でもさらにずっと遠くの景色でしかないと思っていた、どこかで見た映画の、ほんの短い移動シーンの車窓に流れる山の中に生えている無数の木のうちのたった一本が、かきわりのペンキ絵なんかではなくって、その木が子孫を残そうと発する花粉がぼくの鼻粘膜で悪さをしたり、ぼくの世界の把握のしかたに影響を与えたり、そんなふうに自分の一生に深く関わってくるものだったと気がつく。そんな感じなのかもしれないと思いました。

ちょっとちがうかな、どうだろう。

では、また。

＊

手術後はあまりなにも食べることなくぐったりとしていたからモトコもずいぶんと心配し、いっときは家にこっそり持ち帰ってまで世話をしていたシナモンは、ゆっくりとではあったけれどもきちんと回復しつつあった。いまでは柔らかくした餌を自分で食べているし、水もボトルに入ったものを勝手に飲んでいるようだった。元気なときと同じように、モトコがケージのそばに来るとさっと隠れてしまうため、姿を見せない。モトコには、そのことこそがシナモンの回復の明らかな証拠であるみたいに感じられていた。自分の手の中にいて、自分の与える餌を食べていたころのシナモンは、明らかに正常な状態ではなかった。人の視界に入らないように立ち回ることこそが、この生きものの生気の軸なんだろうという気がした。

そうして、シナモンの代わりというわけではないけれど、日本でよく見るタイプのカブトムシの雄と、日本で見るのよりも大きめの、緑虹色のカナブンみたいな虫、それと立方体のガラス水槽にいたメダカの群れのうち二匹が命を落としていた。

村崎さんは、こういうときの対処についてもモトコに伝えてくれていた。モトコはそれら命をなくしたものたちのうち、カブトムシとメダカ二匹を割りばしでつまんで、紙箱にティッシュを敷いたものに並べて入れ、その箱を入れた小さい紙袋を提げて電車に乗った。たとえばこれらを駅のベンチに忘れたり、なにかの事故で自分が命を落としたりしてしまったなら、これらのものを持っていた自分はまちがいなく不審を抱かれるだろうことが簡単に想像できる。モトコはそんな妄想をしながら、電車の吊革《つりかわ》につかまって窓の外の屋根を見ていた。

JR中野駅からバスに乗って江古田方面、哲学堂下という停留所で降り、細い道を入って行くと蓮華寺の入口があった。さらに進むと駐車場の柱に動物霊園の案内看板が見えてくる。村崎さんのメールによれば、ここに人間以外の生きものの供養をしてくれる場所があるらしい。村崎さんに指示をあおいだとおり、そこには小動物類の合祀《ごうし》所があった。そこの霊園というのはよっぽど特殊な生きものでない限り、飼っている魚や昆虫までも茶毘《だび》に付してくれるのらしかった。十八歳未満の子どもによる持ちこみについては無料で受けるし、学校の授業で飼った生きものの供養もまとめてしてくれるらしい。長く飼ってかわいがっていたとはいえ、金魚や蝶々なんかのちいさな生きものは、どこかそのへんにでも埋めるものだろうとモトコは思っていたけれど、考えてみれば都内のマンションに暮らしていて、掘り返すことができる土がむき出しになっている場所なんていうのはどこにでもあるわけじゃないし、それらはコンクリートやアスファルトの上にうっすらとはられた化粧土だったりすることもあるだろうし。

調べるかぎり、人間じゃないたいていの小さな生きものが命を失ったあとは、魚をさばいたアラや、コバエとりの粘着リボンみたいなものと同じで、燃えるゴミとして処理されるらしかった。それ以外の特殊な場合というのは、たとえばフグみたいなものだ。この街でフグは、食べものとしてさばいた残りも、ふつうのゴミとして捨てることができない。鍵のついた特殊なゴミ箱に入れ、専門の免許を持った飲食店の調理師がきちんと管理して処理するように義務づけられているらしい。

この霊園では、モトコがいくばくかのお金を納めることで、持ってきていたメダカとカブトムシを合祀という形で供養してもらうことができた。それほど複雑な手続きもなかったので、これからまた起こるかもしれないこのことについては、以降モトコひとりで済ますことができそうだった。

蓮華寺の敷地には、隣接する哲学堂公園を作った井上円了という哲学者の墓所があった。哲学堂という施設はこのあたりの地域にはきちんと定着しているものらしく、公園の前には哲学堂通りがあり、ナントカ哲学堂というマンションやビル、飲食店の哲学堂前店とかいうものがあちこちにあった。新青梅街道を越えたあたりから広がる哲学堂公園には野球場もあり、敷地内に妙正寺川が流れる、想像以上に広い施設だった。モトコにとっては、なんだかあまりぴんと来ないあらゆる思想的なしかけが、そこかしこに立て札付きで解説された公園内を歩いて、きっとここが散策ルートだろうと思われる道ぞいをひとめぐりした。ずいぶん立体的な公園で、階段や坂道が多かったから、高台に行くとそれなりに見晴らしが良かった。ベンチに座ってカバンからアルミボトルのコーヒーを出し、ふたを開けてふたくち飲んだ。

この街に限らず、あらゆる場所には、いままでのモトコがぜんぜん知らなかったいろいろな仕事がある。とくに命にまつわる仕事というのは、ちょっと考えればあちこちに存在しているはずだとわかるだろうに、ぼんやり生きているとそれらはすっと社会のすき間に姿を隠してしまい、まったく目に留まることがないのだということにモトコは気づいた。考えてみればこの街にこれだけたくさんの生きものがいるのだから、人間以外だって命を落とすものが毎日いくつもいるはずで、それを役所や民間企業や宗教施設がうまいことやりくりしてくれているのを、多くの人は見えていないまま、あるいはわざと、でも自然なやりかたでうまいこと目を逸らして見えないようにしながら暮らしている。

村崎さんの話によれば、カナブンのほうは若干珍しいものらしく、専門の技術者に預ければ標本を作ってもらうことができるということだった。これは、村崎さんが連絡をしてくれていたその人の工房から専用のボックスが送られてくるので、それに入れて送ればいい。モトコはカブトムシやメダカのときと同じように、新品の割りばしを使って、緩衝材や乾燥剤などと共に指定された通り箱に収めて送った。

茶毘に付してもらったカブトムシとメダカが生きているときに暮らしていた容器には、それぞれアヒルのおもちゃをいくつか入れておいた。それらはモトコの部屋に並べていたものだった。もともとその容器の中で生きていた地味な色の生きものたちは、生きているときはその保護色めいた姿のために、いくら覗きこんでもモトコに姿を確認させることがなかった。それらの代わりにモトコが入れたものは人工的な黄色の作りもので、鮮やかにその存在感を周囲にただよわせている。ひょっとしてこれから先、生きものの暮らす容器がいくつも空になっていったとしたら、このマンションの部屋はやがて、このあちこち特徴があるアヒルでいっぱいになっていくのかもしれない、モトコはそんなふうに考えた。

＊

村崎さん、こんにちは。

このあいだ動かなくなっていたカブトムシとメダカを、教えていただいた哲学堂の霊園に連れて行きました。彼ら？　彼女ら？が暮らしていた入れものには、生きもののかわりにアヒルの小さいおもちゃを入れてあります。店のクレーンゲームに詰まっていたあのちっちゃいアヒルです。部屋の中で生きものが減っていってしまうのはなんだか寂しい気がしたので、なんとなく、にぎやかにしたくなったのです。では。

＊

カナブンの標本は一週間ほどして、お弁当箱くらいの段ボール箱に入れられ、さらに名刺入れくらいの額ケースに飾られて村崎さんのマンション宛てに郵送されてきた。モトコは額つきのままのそれを、カナブンが暮らしていたプラスチックの容器に収めた。カナブンの見た目は、命を落とす前と標本の状態とでモトコに明確な見分けはつかなかった。命を失っていたのに気がついたときも、逆さまになり全部の脚を縮こませて動いていなかったから、ひょっとしたらと思い容器を揺すってみて動かなかったことで初めて確認できただけで、それ単体で見てわかるほどのちがいはなかった。できあがってきたその標本はさすがにとても良くできていて、あの縮こまって固まっていた脚が自然に伸び、軽く曲げられたいちばん長い後ろ脚はまるでいままさに蹴りだして歩いている最中ですとでもいう瞬間の形で静止していた。額がなければ、この姿に命があるかないかなんて、きっと普通の人間ならば絶対だれにもわからない。モトコはそう考えながらしばらくそれを眺めていた。あれだけ世話をしていたシナモンでさえストレスがかかるだろうからと観察めいたことをほとんどしていなかったので、いままでここにいる生きものをこんなにしっかり見つめ続けたことはなかったかもしれない。もう命はないけれど。

＊

篠田さん、こんにちは。

店のクレーンゲームの中に入っていたあのアヒルのおもちゃは、昔からある子ども用のおもちゃのミニチュア版で、ぼくが子どものころは手のひらに載るくらいのサイズのものが近所の銭湯にも置かれていました。でも、あれが主にどこで売られていたものだったのかは知りません。ぼくが子どものころは百円ショップもドン・キホーテもなかったので、おそらく駅前商店街に一軒はあったおもちゃ屋さんや駄菓子屋さん、ファミリーレストランのレジの横、駅のホームの売店の脇、海岸沿いのお土産店、そういった場所で、あのころのぼくくらいの子どもはそういう不用意なおもちゃをうっかり手に入れてしまっていたのかもしれません。

もともとあのおもちゃは海外で誕生したもので、とても歴史があるものなんだそうです。十九世紀に作られた最初期のものはゴムでできていました。当時の西洋で、子どもが湯船に入る習慣というものがあったのかはちょっと疑問ですけど、とにかく水に浮くおもちゃとして、素材を変えながら大きなデザイン変更もなくあのアヒルは現在まで売られ続けてきました。

二十世紀の末ごろともなると、そのアヒルのおもちゃはすでに中国の大きな工場で大量生産され、世界のあちこちに輸出されていました。そのころ、香港からワシントン州の港まで向かうコンテナ船に積まれた中国製のアヒルのおもちゃ三万個の入ったコンテナが事故で落下し、中身が流出する事故がおきました。それらのうちおよそ二万個はインドネシアやオーストラリアに流れ着き、残り一万個はあちこちにちらばりながら、南米、北米、アラスカを経て日本の太平洋側まで広範囲に届きました。さらに少数ですが北極海で流氷の中に閉じ込められ大西洋に至り、イギリス・アイルランドにまでたどり着いたものもあったそうです。このできごとは、気象学、海流調査のとても重要なサンプルとなりました。多少のキズこそありましたが、製造番号の刻印が残るそれらの漂着アヒルは、いまではコレクターによって高額で取引されているそうです。

ぼくはこの話が大好きです。最初に聞いたとき、アヒルのおもちゃがカモメやイルカに会い、つつかれたりしながら、荒れたり凪《な》いだりする海をぷかぷか浮かぶ風景を想像しました。青いサンゴ礁の海を、モアイの立つイースター島を、自由の女神を横目に眺め、流氷に閉じ込められホッキョクグマに出会うアヒル。ぼくたちが暮らす街に点在していた一角、そういう場所にぶら下がっていたその黄色い、生きものの形をした、内臓のない空っぽの樹脂の塊は、ぼくたちの考えが及びもしないすばらしい大冒険をやり遂げることができる力を持っている。できごととしてだけ考えれば大量の化学物質による海洋汚染とも定義されうるかもしれないこれらのことは、ぼくの心をとても強くしてくれるんです。

あの店の、イルカの泳ぐ壁画の前にあの小さなアヒルたちが詰め込まれ、たくさん存在していることは、ひょっとしたらぼくたちにとって、なにかの素敵な暗喩なのかもしれません。

では。

＊

メタミドホスという有機リン系化合物は、殺虫剤系の農薬として世界中に流通している。それは神経伝達物質アセチルコリンを分解する酵素アセチルコリンエステラーゼの活性を阻害して、過剰になったアセチルコリンが昆虫類の神経に作用して殺虫効果にいたる。結晶自体は無色で、メルカプタン臭、つまり、タマネギの腐敗に近いにおいを持つ。水溶性で、水溶液中の半減期は一二〇―一四〇時間、一六〇度以上の加熱で分解される。

西ドイツのバイエル社が開発し、別製法のものをアメリカのシェブロン社が特許取得したというそれは、農作物に使うため、つまり人間のためにあるもので、人間を傷つけるために開発されているものではなかった。実際、ジャガイモなどを中心に現在でも欧米各国を含めさまざまな国の作物に使用されている。ただ中国ではこの農薬の基準値や残留値についていくつかの問題や事故が起こったため、二〇〇七年に国内での使用が禁止された。日本ではもともと使用が許可されていなかったために耳なじみがないその物質名は、禁止以前から中国の人々にはとても強い印象を与えていた。

日本でも、体に悪い物質の名前というのはそれぞれの時代のショッキングなできごとに結びつきながら人の記憶に強く残っていく。パラコートやカドミウム、サリドマイド、青酸カリ、アスベスト、サリンといったふうに。

河北省、食品輸出入集団天洋食品工場は、餃子のほかにもロールキャベツや串カツなどが作られていた巨大工場だった。注射器を使用して、製造される冷凍食品の中にメタミドホス系の農薬を混入した人物は、その冷凍食品の工場で働いていた三十代の男性だった。つまり、冷凍食品に入っていた農薬は原材料の農作物に残留していたものではなく、また、工場の消毒や殺虫剤として使われていたものでもなく、工場の食品製造、袋詰め工程で工場の労働者の手で意図的に加えられたものだった。彼は正社員に採用されることなく、臨時工という立場で法律が定めた期間を大きく超え十五年ものあいだ勤務させられていたことや、理不尽な待遇に悩まされていた同僚の友人のことで経営側に憎しみを持っていたため勤務中の犯行に及んだとされている。

彼の頭には、明確な〝恨み〟があった。ただその恨みは、やがてこの毒を口に入れるだろう冷凍食品の購入者に対して持っていたものじゃなかった。それは工場の経営者だとか上司、管理者、それらのシステム全般について向けられていた。それほど高級ではないその冷凍食品を食べるのは、高い確率で彼と同じような労働者であるということを想像できるほど、そのときの彼は冷静な思考を持ってはいなかった。まして、その冷凍食品のうちのいくつかが輸出され、自分の国とほかの国との間で大きな問題にふくらんでしまう、というのは、彼の想像力にはあまりあることだった。

彼の犯行は、まもなく起こる国際問題の大きな引きがねのひとつになった。日本に輸出されたその冷凍食品は、関東を中心に十人の体調不良者を出し、国どうしの信用に関わる大きな騒ぎになった。彼が混入した毒を口にして直接的に命を失うものはいなかった。にもかかわらず、彼は終身刑になっている。これは、被害に比して考えるととても重い刑罰だったと考えられていたものの、その騒ぎや信用問題、国家間の経済的損失などの諸事情から、無理もない、当然のこととして多くの人々の心の中で納得されていた。

＊

篠田さん、こんにちは。

やっと、なんとか帰れるめどがつきました。それもこれも篠田さんがこれだけいろいろお手伝いをしてくれて、あちこちに調べにいってくれたおかげです。それがなくぼくひとりだけだったら、このちょっと厄介な仕事をぜったい成しとげられなかった。やりとげて肩が軽くなったというほっとした気持ちと同時に、なんだかんだと篠田さんの優しさに甘え、というか、もはや善意につけこむみたいにしていろいろ頼んで無理を言って、かなり迷惑をかけてしまいました。ほんとうに申しわけない気持ちでもいます。

いままでの、ぼくとのこういうやりとりは相当うす気味悪いものだったろうと思います。ぼくが篠田さんの立場だったら、まちがいなく途中からこういうメールのやりとりもなにもかもを放ったらかして逃げてしまいたくなると思うんですよ。いや、そんなふうに言うことも、まあ、たいがい失礼な気がしますが。

そうして、これが最後の頼みごとになると思います。これはぼくのほうからは〝ちょっとしたこと〟とは言えないけれど、ただ危ないことではない、ということだけは保証します。いつもなら「いつになってもいいし、気が向かなければやらなくてもいいです。ほかの人に頼むこともできるので」みたいなことを伝えていたんですが、今回だけは、ほかの人ではだめで、どうしても篠田さんにお願いしたいと思っています。だから、どうかお願いします。

あ、口座のお金は全部おろしきってしまってください。これから必要になることがあるかもしれません、この前のシナモンさんのときみたいに。もちろん足りなければまた追加しますけど、今回の頼みごとが終われば、その口座自体が使えなくなると思うので、おろせるだけいっぱい、おろしてください。残額はものすごい高額というわけではないと思うんですが、ぼくが篠田さんにお願いしたわがままのおわびみたいなものだと思ってくれればうれしいです。実のところ、口座が使えなくなってからではぼくのものにもならないんです。まったくの無駄になってしまうので、ぜひ早いうちに。

で、お願いの内容なんですが、とある場所に、とある人の連れてくる生きものを受け取りに行って欲しいんです。その人は〝あずかりさん〟と呼ばれています。あずかりさんは、ぼくよりずっと生きものに詳しくて、生きものについてわからないことはどんなことでも教えてくれると言っていいくらいの人です。あずかりさんというのは、そのひとりの人をさす呼び名ではなくって、いわば職業名みたいなものだから、世の中には何人ものあずかりさんがいます。生きものを預かって、ほかの人に渡す仕事をしている人たちのことです。ぼくも、その人ではない別のあずかりさんからたくさんの生きものの、現在の時点でできうる最適な育てかたというものを教えてもらいました。

あずかりさんというのは、飼育員さんでも、里親でもありません。こんな呼び名はどこか妖怪じみたものに聞こえるかもしれないですが、その業務のアイデンティティを反映したすごくいい呼び名だとぼくは思っています。中には強そうな、怖く思える人もいます。命の問題なので無理もありません。預かる相手のことを見極めて、ときには厳しい指導めいた意見をするのもあずかりさんの仕事だから。でも今回来るあずかりさんはとてもやさしい人だから安心してほしいです。

あずかりさんからの生きものを受け取りに行くときは、シナモンさんを病院に連れて行ったときに使ったプラスチックのケースを持っていくといいと思います。タオルも新しいものが洗面のところにいくつか置いてあるので、それをケースの中に敷いて持って行ってもいいし、ペット用のシーツも用意があります。シートヒーターとそれにつなぐモバイルバッテリーは、クローゼットの中、電気回りのものが入っているオレンジの衣装ボックスを探してください。ヒーターの温度設定はダイヤルで操作できるものなので、外気温を見ながら調整してください。とはいえ、いまはそちらももうだいぶ暖かいとは思いますけど。あとはスポイトと消毒のスプレー。もし残量が足りないようであれば買い足しておいてください。パッケージの文字で検索したら同じものがネットで注文できます。あとペットミルクの粉末が冷凍庫に入っています。

パックの表面に記されている分量で溶けば、その生きもののご飯はそれだけでしばらくは問題ないはずです。

受けわたしまでのあずかりさんとのやり取りはぜんぶ、こちらでします。これは信頼関係の問題とかいうものではなく、単純にその手間を篠田さんにかけるのが心苦しいという程度のことです。時間と場所も決まり次第ぼくのほうからなるべく急いでお知らせしますけど、もし篠田さんのほうで用事や体調不良などで無理なようなら、また別の日に設定しますので気にしないでください。

預かった後の生きものは、ぼくがそちらに帰り次第また引き受けることになっています。ですからおそらく篠田さんにそのご面倒をおかけするのはトランジットの予定に余裕を持って考えても一日ちょっと、せいぜい三十時間ほどだと思ってください。

では。

＊

メールに記されたものたちはぜんぶ、村崎さんのマンションの中のあちこちにあったものをほじくり返してさがし、間に合わせることができそうだった。モトコはこのしばらくのあいだでこの部屋に収められているたいていのものを把握できていた。狭い部屋ではないものの、いわゆるスタジオ式のワンルームで、収納もクローゼットひとつがあるきりだった。

そこには、村崎さん以外の生きもののためのものしかなかった。もともと持ちものをほとんど持たない生きかたをしていたんだろうか、それとも今回の旅立ちに際して、持っていったもののほかは処分したのかもしれない。ひょっとしたら村崎さんが暮らしていたほんとうの部屋は別のところにあって、ここはもともと別の生きもののための場所だったのかもしれない。

用意したもののうちいくつかは、専門的な知識を持っていなかったモトコが名称を検索してみたところで、いったい何に使ったらいいのかわからないものたちだった。いつもどおりマンションにいる生きものたちの世話を済ませたあと、メールにあったそれらのものを揃えて、モトコの家から持ってきたIKEAのブルーバッグに詰め、あずかりさんに会うための準備をした。リストアップしたものをすべてあずかりさんのところに持っていく必要はないということが、村崎さんのメールには書かれてあった、でもモトコはあずかりさんにこういうもので大丈夫なのかどうか、どういうふうに使えばいいのかと直接たずねて確認ができたほうが、安心できるような気がしていた。

村崎さんはほんとうに、まもなく仕事を終えて、この部屋に帰ってくるんだろうか。そうなったら、どのくらいまで仕事についてだとか、いままでのモトコとのやりとりについて話してもらうことができるだろうか。

モトコは、おそらくこの部屋に来たくて来ていて、この部屋にいるあいだ、まちがいなく楽しかった。この妙なにおいに満ちた空間、観察することの難しい生きものにあふれた部屋は、いまのところ村崎さんと自分を唯一つなぐもので、ここでこういったこまごましたことをしているあいだのモトコは、村崎さんに感謝されたり、頼られたりいろいろな判断を任されたりしている。この部屋を見回して見える景色はかつて村崎さんも見ている景色だったし、時間をずらしてモトコのいま立っている場所に、村崎さんも立っていたはずだった。

家主の留守中に忍びこんで、その人が暮らしていた場所をあちこち探る、という、はたから見たら空き巣やストーカーじみたうすきみ悪いふるまいであるはずなのに、そこにこの数週間にいたるいきさつを考えに入れるだけで、モトコはまるでミステリー映画のわき役にでもなったみたいな思いがしていた。ここにいるあいだは仕事をしている自分でも、また一族の肖像に納まっている自分でもなかった。ここの生きものたちといっしょで、世界のあらゆる理由にあふれた場所からある程度切り離された気軽ないごこちの良さが、この部屋の中にはずっとあった。

けれど、やっぱりこんなことは長く続けていけないよな、とも思っていた。そんなふうにして、これからここに生き残った生きものたちがどんな暮らしをして、自分の責任においてどんなことが起こってしまうのか、モトコにはわからなかった。どれだけ数値がそれぞれの生きものにとって適切に保たれていたとしたって、生きものにはどうしてもそれぞれ与えられた生きるべき長さの限界がある。この部屋の装置は、自然に近づけて再現を試みながら、その自然に抗う装置でもあった。人生のうちでこういう特別な作業は、そんなに長いこと続けられるようなものじゃなさそうだった。

ここで起こっていることは、だから、やっぱり大きく言って〝あずかり〟なんだろう。

新宿中央公園の一角には〝白糸の滝〟と呼ばれる、滝というよりは水遊びができそうな小規模な広場があって、その水辺にはカメがいる。こんな子どもが足を入れて水遊びができそうな浅瀬の水場に、わりと大きなカメがいることに、モトコはなんとなく不安になる。カメって、かみつかないんだろうか。あの大きさなら、子どもの足指くらいなら痛がる程度にはかみそうな気がする。水辺のそばのベンチは四角い石製で、冬場でなくても長く座っていると足下からその硬さと一緒にうっすら冷気が上がってくるような感じがあった。モトコはそのうちのひとつに腰をかけ、横にＩＫＥＡのブルーバッグを置いた。

あずかりさん、と呼ばれているらしきその女性は、子どもを三人連れてきた。子どものうちのひとりはイヌを二匹連れ、もうひとりは大きなカートを押している。もうひとりの子どもは歩けるかどうかというくらいの赤ちゃんで、あずかりさんにエルゴで抱かれている。あずかりさんは、ぱっと見た感じでもそれなりに年を取っているふうだった。モトコの母親とモトコの姉のちょうどあいだくらいの年齢に見える。

「シノダモトコサン、こんにちはぁっ」

と声をかけてきたのは、子どものうちの大きなほう、おそらく、小学校中学年くらいの男の子だった。雑種らしき中型のイヌ二匹に引っぱられ、つっかかりながら早歩きでモトコのそばに近づいて来た。その後ろを追いかけてきたもうひとりの子ども、男の子よりもうちょっと年下らしき女の子が押していたカートには、白い布切れを糸綿にほぐしてからもう一度くしゃくしゃのひとかたまりにしたみたいな老いたネコがいた。だから、あずかりさんは厳密に言うと合計六つの生きものを連れていたことになる。

あずかりさんは、エルゴ抱きのままモトコの座る石ベンチの横にある同じものに腰をかけ、

「はー」

と息をつき、

「わたしだってもうそんな体力ないんだからさー、たいへん」

と、はは、と笑った。

「こんなところまで、こんなたくさんで大変でしたよね、すみません」

とモトコが言うと、

「ちがうちがう、ここを指定したのは、こっちなんだから」

と笑ったままのあずかりさんに、男の子が、

「あのね、ミキがね、ちびっこ広場に行きたいって」

と、めいめいの方向に飛び跳ねるイヌたちに振り回されながら言う。

「あー、じゃあ、ロロちゃんたちはここに置いて行きなさい。ミキちゃんのこと、しっかりと見とくんだよ。なんかあったらすぐ行くから、電話しなさい。用事が済んだら電話するから。そしたらもどってきて」

あずかりさんの呼ぶうち、どっちがロロちゃんでどっちがミキちゃんなんだろうか、とモトコは思った。すこし考えれば当然のようにわかることだけれど、モトコが混乱したのは、あずかりさんがイヌやネコの名前も人間の子どもの名前も同じようなテンションで呼んでいるからだった。はいっと声をあげた男の子の首からは、小さい子のために作られたものだろう、かわいらしい携帯端末がぶら下がっている。ふたりはカートを座る女性の横につけ、リードを手渡すかわりにあずかりさんからいくつかの小銭を受け取った。

「のど渇いたら、ミキちゃんにも買ってあげてね」

男の子は小銭をポケットに入れながらもう一度はいっと返事をして、女の子と手をつないで歩いて行った。その背中に向けてあずかりさんは、思いついたみたいにして、

「どこかに置いてあるジュースは飲まないで。もらったお菓子もだめだよ」

とつけくわえた。そうしてモトコに、

「近くにね、パーキングメーターの道があるの。十二社《じゅうにそう》通りの脇入ってきたとこ。時間帯によってはトラックで埋まっちゃってるんだけど、あんがい楽なんだ。雨だったら都庁の根元にすりゃいいし。きょうは天気が良かったし子どもたちも退屈がってたから、連れてきちゃったけ

ど」

　と話す。

「お住まいは近いんですか」

「江東区」

「遠い……ですよね」

「ここからだったら、電車使っちゃうと乗り換えがめんどくさいんだよね。車なら首都高があるし、あんがいそうでもないんだけど。東京ってさ、そういうちょっと不便なところ、あちこちにあるからさ」

「新しいタワーができるところのあたりですか」

「そうそう。あそこは墨田区だけどね。わたしが暮らしてるのは亀戸っていうところ。もう工事始まるんだよ。なんだかみんな大騒ぎしてるよ。あれだよね、まんまオールウェイズなん丁目のなんとかってやつ」

　と、あははと声を出して笑った。あずかりさんはお喋《しゃべ》り好きではありそうだけど、村崎さんが教えてくれた通りの良い人みたいだと感じて、モトコはすこしほっとする。

「あのあたりには、あまり行ったことがないんです」

「まあ、東京のあっちとこっちだから、なかなか」

「江戸の、昔の下町だろうなっていうくらいのイメージはありますけど」

「若い人にはわかんないくらいの前の話、っつってもそれほど昔じゃないけど、十五年くらい前かなあ、あのへんでけっこうな騒ぎがあったんだ。異臭騒ぎ。すごいニュースになって、テレビ中継もたくさん来たの。あれだよ、世相。なん丁目のなんとかってのと同じ。世相って呼ばれるような映像資料でずっと、いつまでも使われる、ほら、あの、ニュース資料でいまでもまだ使われてるみたいな映像ってあるでしょ」

「私、そういうものを扱う仕事しているんです」

「へえ！　じゃ、ああいうのに、たとえばさ、子どものころ端っこにうっかり映ってたりして、撮られたものがずっと残っているのを見てるわけでしょう、ああいうのって、不用意に映っている人がたくさんいるわけじゃない、その子たちは成長した後になっても、撮られたことを覚えてるもんなんだろうかね、なんて、知ったこっちゃないか」

　あずかりさんの話を聞きながらモトコは、公園の広場部分を横切って歩く、大きな紙袋を提げて歩いている年を取った男性を見つけた。ハンチングに襟付きシャツというかっこうをしていたので、店にいた白衣のときの姿となかなか一致しなかったけれど、その男性が村崎さんと食事をしたことのある中華料理店の店主であることにモトコは気がついた。都庁の根元の半地下のあたりから新宿中央公園あたり一帯は、子ども連れや昼休憩の会社員に混ざって、家があるのとないのとの中間のような不安定な暮らしをしている人たちも何人かいて、人によっては心細げに腰をかけたり、あるいはもうどうとでもなれというようすで堂々と寝そべったりしている。店主はきっと、そういう人たちになにかちょっとでも食べてほしくて、ああやって回っているんだろう。モトコの視線の動くのに気づいたあずかりさんがモトコに、

「知り合い？」

とたずねた。

「あそこにいる、あの人、職場の近くの中華料理屋さんの人なんです。困っている人に、食べものを配っているって聞いたことがあるんです。だから」

モトコは店主に視線を向けたまま、そうあずかりさんに言った。

「そうなんだ、すばらしいね」

と言ったあと、

「でも、ああいうの、いまだと餃子のこととかあるから難しいかもしれない。大変だ」

あずかりさんが店主を見ながら続けたのは、きっと餃子の食中毒についてのことだ。その事件は、モトコもニュースを見て知っていた。今年に入ってしばらくしたころ、中国から輸入した冷凍食品の餃子を食べて体調を崩した人が何人かいたと報じられた。あまりニュースに興味のないモトコも知っているくらいだから、きっとそこそこ大きな事件だったのだろう。たしかに、そういうことが起こってしまった後は、中華料理店の店主があやって炊き出しをしたり食べものを配ったりするとき、たとえそれがどれだけ尊い善意から来るものだったとしても、きっといままでよりよけいに心を砕かなければいけないのかもしれない。あのずっしり重そう

な紙袋には、使い捨てのパックに入った中華料理が詰まっている。店主の姿を見ていたら、あたりに漂っているわけでもないのに、ふうっとあの強い胡麻油の香ばしさが感じられた気がして、モトコはふいにあの中華料理店のランチメニューがとても食べたくなった。

突然、あずかりさんから、

「ムラサキさん？　とは付きあってるんでしょ」

とたずねられたのでモトコはすごく驚いた。あずかりさんはなにか、村崎さんからモトコについての話でも聞いていたんだろうか。

考えてみれば、もし別の立場からモトコと村崎さんのことを知っていたとして、こうやって留守の部屋に出入りしていたりするなんてことは、場合によってはそれなりに親しく特別な間柄だと思うのかもしれない。それを、そんなことはないです、まったくの勘ちがいです、と半笑いしながら冗談めかした言いかたですましてしまうのも、なんだかあずかりさんに敬意を欠いているというか、どこか失礼な気が、モトコはしていた。

「もしそう思われるんだったら、すくなくとも私のほうはうれしいんですけど、残念ながら、そういう関係……恋人とか、そういうのではないんです」

と答えた。

「へえーっ」

あずかりさんはそうおおげさに声をあげて、

「ずいぶん正直に言うね」

と続けた。そう言われてしまうとかえって、正直なことが誠実と同じ意味であるとは限らないのかもしれない、とモトコはちょっと後悔しかけたけれど、

「はい、こんなことで自分の考えをごまかしたり、いまいない人のことについて変に匂わせて話したりするのも、なんだか良くない気がするので」

「真面目だ」

あずかりさんはそうして、

「そういう真面目な気持ちで、ああいう、結婚式の直前にタバコ吸いに行きますって言ってそのままどっか行っちゃいそうな人のこと好きになると、大変だろうと思うけど」

と言いそえた。

「どういう人に見えているんですか、ちゃんと働きものでしたけども」

「いやまあ、そこまでちゃんとした知り合いじゃないけど、ただ、話を聞いてるだけだと」

と言って、すぐに、

「でも、そこそこ年上の、あんな感じの人が無性に魅力的に見える時期ってあるんだと思うなあ。それってでも、若い娘さんのかかるハシカみたいなもので」

と、そうしてさらに、

「いや、ハシカにかかってる娘さんにそれっぽく気取ってつけこまないだけ、ムラサキさんは

あんがい誠実だったんだなって、見直したって意味の、さっきの『へえーっ』だから」

と言った。

「いや、そもそも、そんなに、いいかげんな感じの人ではなかったですよ」

「いや、いいかげんとかっていうのではなくて、大抵のまともに生きてる人間だって、そういうのにはつけこむもんだと思うからさ、そうしないっていうことがまあ、あたり前といえばあたり前なんだけど、だからかえって意外だなっていうか」

あずかりさんは、モトコの価値観の中で図々しすぎないくらいに好奇心があって、世話焼きに見えた。その印象が、きっとあずかりさんという特殊な種類の生きかたを選んだ彼女にとってはすごく役に立つ、つまり良い特性なんだろう。

あずかりさんはモトコの持ってきたIKEAのバッグから、いろいろなものを手に取りながら真剣に眺めて、

「うん」

とうなずく。いつの間にかあずかりさんがメガネをかけているということにモトコは気がついた。最初からかけていなかったので、とても自然なやりかたで身につけたんだろう。見ているとあずかりさんが目をあげて、

「ひとまず必要なものは、ぜんぶそろっている」

と満足げに言った。そうして、

「まず、いちばんに伝えないといけない、とても大切なことがあるんだけど、いい？」

「メモを取る必要はありますか？」

「いや、そんなことまではしなくて大丈夫だと思う。すごくシンプルなことだから」

と言ってから、念を押すみたいにゆっくりと力強い口調で続けた。

「脱走、つまり、逃がしたら絶対にいけない、ということ」

モトコは生きものを逃がしたことはなかった。あの部屋の生きものたちは、シナモンさんも含めて、逃げようというそぶりを見せたことはない。でも、もしあのマンションが火事や地震にあったりしたら、きっとあれらは逃げだすだろう。それは、生きているものが生きようとする上では当然のことだとモトコには思える。

「わたしはあずかりさんとして、生きものを預かって次の人に、ええと、今回のばあい、つまりあなたに渡しているんだけど、そうしていく上で絶対にしてはならないことがあって、それは生きものを〝逃がす〟ことなんだ。それは社会に生きるすべての人間にも当てはまることではある。人間の社会全体でだれかの生きものを預かって生かしている以上、逃がすことは絶対にしちゃいけない。逃がさないようにすることっていうのは、単に見張るということじゃなくって、逃げなくてもいい環境にし続けるということ。ただね、それでも生きものは逃げようとする。それは生きものである以上ある程度はしょうがないことなんだけど、それを防ぐために最大限、絶えず新しく努力し続けることが大事。わたしたちにとって、生きものを飼うっていうのはどういうことかっていうと、まさにその努力を続けていくことなんだと思ってる。生きものとふれあったり、観察をすることとっていうのは想定外の副産物みたいなもので、その生きものを何者かから預かって、たとえば寿命が三年くらいの生きものを二年長く、五年生かせたとしたら、そこに預かることとの意味が詰まってる。預かっているあいだ、場合によってはメールで逐一その生きものの暮らしや食べもの、生命の細かな記録を送って、その代わりその生きものに必要なものを送ってもらうこともある。食べものとか、お金とかね」

あずかりさんの話を黙って聞きながらモトコは、ふと、赤ちゃんを抱いたこのあずかりさんがそれなりの大きさのイヌのリードを二匹ぶん持っていることに改めて気がついて、とてもはらはらした。いまのところイヌたちはおとなしく座ったり伏せたりしているし、老いたネコの眠っているカートにはストッパーがついているけれど、たとえばこの状態で大きな地震なんかが起きてイヌが暴れ、赤ちゃんが泣きわめき、カートが倒れてしまったなら。滝が崩れ、都庁が倒れ、東京タワーが折れてしまったとしたら。もしそうなったら、あずかりさんや、あの男の子と女の子は、村崎さんのマンションにいる生きものたちは、どうなるんだろう。世界中、あらゆるところにある動物園や、ペットショップの生きものたちは。そうしてあのカラオケ店のイルカは。クレーンゲームの、香港の、イースター島の、北極海の、ファミレスのレジ横のアヒルたちは。そういうあらゆる生きものを模したものたちは。そうして世界中に散らばったジャイアントパンダたちは。

あずかりさんは、自分のカーディガンのポケットから出したその小さな塊を、まるでさっき男の子に小銭を渡したのと同じ仕草でモトコに手渡した。それは命を持ったものじゃなかった。金属とプラスチック樹脂の複合的な材質のもので、モトコは使った経験がなかったけれど、それがどういうものかを、なんとなく想像することができた。ＪＲから小田急の乗り換えにつながる手前にはいくつかコインロッカーのブロックが並んでいて、そこに、この樹脂札に刻印された該当の番号のものがあるという。

「これって、大丈夫なんですか」

とモトコがたずねる「これ」は、この鍵によって開くコインロッカーに、自分が預かるべき生きものがいるんだろうという予想から来るもので、「大丈夫」というのは、法律的な問題に関する疑問だった。モトコの記憶によれば、こういうところに生きものを入れてはいけなかった。

「わたしたちは生きものを預かって、生かすのが仕事だから、それはどんな生きものでも」

とこたえたあずかりさんの言葉は、生かすことのため以上に重要視される法律や倫理は、どうでもいいとまでは言わないけれど、すくなくとも後回しにされても許されることなのだという意味を含んでいると、モトコは理解した。もし一時的なストレスがその事態の中で生まれたとしても、ひとまずは生かすということが、あずかりさんの中での最も優先されるべき倫理なんだろう。たとえばこの公園までその生きものを持ち運ぶより、どこか安全なところに置いておくことで、生きものにかかる負担が減ると判断した場合、あるいは、モトコのことが信用できないと判断した場合にその生きものを守るため、これがよりましなやりかたなんだろう。

「そうしていくことがわたしたちの、文化とか理性とか、そういうものの実現なんだと信じてるんだ」

新宿中央公園は、西新宿、都庁、その周囲のビル群に囲まれるようにしてある。ただそれによって空が全然見えないのかというとそういうわけではなく、日差しは木の葉の形の影を縫って、ふんだんに公園内に注いでいる。水場の水面は目を逸らしていても視界の端を刺してくるくらい、光を乱反射させていた。

「まあでもさ、そんなこと、こんなふうに言われたって、知ったこっちゃないよねえ」

あずかりさんがそう言ってモトコを見送りながら笑う顔には、とくべつな諦念も憤りも浮かんでいないふうだった。モトコはかさばる割にはさほど重くもないＩＫＥＡのバッグをかつぎ、公園を出てＪＲの新宿駅方面に向かいながら、いろいろなことを考えた。

人間たちは生きものを、かわいいから飼っているわけじゃないんだろう。飼っているうちに情が移って体の細部や不意の動きがかわいらしく見えてくることはあるかもしれないけど、それはあくまで、あずかりさんの言う副産物、つまりオマケみたいなものだ。ミジンコだってクジラだって、人間にとってかわいらしいから守られているわけではないと、モトコは考えている。もちろん、ジャイアントパンダはこれまでの人類が進化していく過程で本当にたまたま見つけた、奇跡みたいにかわいらしい生きものだ。文化や社会や政治の中に溶けこんで存在するその魅力は、だからこそ野生生物保護のシンボルとして掲げられて、コインのレリーフになったり巨大な像がつくられたり、実物のほうだって国をまたいでやり取りされながら、いま世界のあちこちでのんびり竹やリンゴを食べている。

ついこのあいだ、生き残っていた一頭のジャイアントパンダが命を落としてしまって以来、ジャイアントパンダのいなくなった東京という街にモトコは生きていて、そうして珍しくもない生きものたちとか、ほんのすこしだけ珍しい生きものたちなんかの命を、一時的に預かっている。モトコにとってそのことは、ちょっと、なんというか、どこか秘密結社的なたくらみだとも思えた。つまり、街中に火をつけるだとか社会に毒をまきちらすだとかいうふうな、破壊を伴う行為をして引っかき回すことだけが〝たくらみごと〟なのではないのかもしれない、と。

モトコは、都庁の根元から西新宿の地下通路を経て目のオブジェの前を通り、新宿駅の西口広場を突っ切るようにして駅の中へ入った。

村崎さんやあずかりさんによるこういったごく些細な〝結社的〟行為は、生きものを育てたりするという、多くの人が表面的に考えたらなんの倫理的な問題もないことで、そうしてそれはつまり〝あずかり〟だった。

うっかりするとあっという間に健康をからめとられるさまざまな、でも命をうばわれるほどでもない毒物があらゆるすき間を満たす街で、モトコは生きものを預かって、生かしている。

そのロッカーを開けたときモトコはマスクをしていたから、中から嫌なにおいがしていたかどうかはよくわからなかった。それは想像よりもずっと小さなものだった。プラスチック樹脂製のふたつき容器は直方体で、上面にあるふたの両脇に、別のプラスチック素材でできた、ふたをロックするための部品がついている。モトコの知っている中でこの容器のいちばん適切な使い道は、お弁当箱だった。白いふたにはいくつか穴が開けられているけれど、キリで開けたような小さなものなので、ふたをしたまま上から中を覗いてみることはできない。モトコはそれを手に取って、そのケースごと、持ってきていたプラスチックケースに納めた。

種の絶滅を防ぐために、生きて暮らす範囲を人為的に広げて生きものの繁殖を試みるという方法がある。繁殖基地が狭い地域に集中していると、災害や事故の被害がその生きものの絶滅に直結する危険がある上、生息環境における多様性の研究も限定される不安があるらしい。そのためできるだけ離れた場所、ときには生息環境として考えると問題が多いだろう場所にも繁殖研究のための施設を作るケースがある。それがたとえ人間の負担が大きい場所だったとしても、それが現在の技術でどうにかなる困難であれば、できるかぎりあちこちいろんなところに連れて行って育てたほうがいいはず、という考えかたは、野生下のものをほかの地域に運びだしてうっかり繁殖させ、生息範囲を広げてしまうことがないようにするという心配りとは、ちょうど鏡写しになっている。

この時間帯のメトロの車両内にはところどころに空席があって、だいぶ低くなってきた午後の陽が窓を突き刺して車両内を貫き、座っているモトコの顔を照らしていた。東京の地下に潜って走っているはずのメトロがなにかの不都合で、まるで裏起毛のトレーナーの繊維の一本が表がわにぴょんと引っかかってしまったみたいに地上に飛び出ている地点がいくつかあって、その場所でモトコはきまって、ああ、いま東京はこんなふうに晴れていて、このくらいの時間でこういう植物が花をつけている季節なのだと気づいたりする。もう初夏も終わりを迎えていて、もうじき、きっとモトコはマスクを外して歩くことができるようになる。モトコはマスクのゴムがかかる、耳の付け根の部分を注意ぶかく指先で触れた。どういうわけか、あんなに体に悪そうに思えていた村崎さんの部屋に行くようになってから、とても忙しかったはずなのに、モトコの肌はわりと調子が良かった。

座っているモトコがひざの上に置いているプラスチックケースの中には、小さい生きものがいる。ひざのあたりがくすぐったく、暖かく感じるのは、ほとんどは気のせいか、そうでなくてもせいぜいケース自体の存在感から来るものだ。そもそも今日はとても日差しが強くて、ヒーターなんか必要なかった。むしろこの暑さによって小さい生きものがへばってしまうんじゃないかと不安になった。

その生きものはきっとシナモンか、なんならもっと小さいくらいの、軽くて、弱いものだった。おそらくほんのりピンク色をしていて、全身に薄く毛が生えている。つたない動きで足を突っ張らせ、鼻先を空中に漂わせては、ポテンと力なく敷かれたタオルの繊維に埋まる。その動きから、それはなんとなく赤ちゃんだろうと思えた。どんな生きものの赤ちゃんかはわからない。イヌでもネコでもリスでもハリネズミでもカンガルーでも、赤ちゃんのころはこんなふうにイモムシみたいな生きものなんだろう。そこから先、なにかの生きものに育つのか、それとも小さいイモムシのまま命を失うのか、それもぜんぶ、人類の、というか、つまるところモトコの、このちょっとの期間のふるまいにかかっている。

モトコはあずかりさんだ。たぶん村崎さんはもうすぐ帰ってくる。

参考文献

家永真幸『中国パンダ外交史』講談社選書メチエ、二〇二二年
中川美帆『パンダワールド　We love PANDA』大和書房、二〇一九年
ドノヴァン・ホーン『モービー・ダック』村上光彦・横濱一樹訳、こぶし書房、二〇一九年

初出「小説トリッパー」二〇二四年夏季号

高山羽根子（たかやま・はねこ）

一九七五年富山県生まれ。二〇一〇年「うどん　キツネつきの」で第一回創元ＳＦ短編賞佳作を受賞し、デビュー。二〇一五年、短編集『うどん　キツネつきの』が第三十六回日本ＳＦ大賞最終候補に選出。二〇一六年「太陽の側の島」で第二回林芙美子文学賞を受賞、二〇二〇年「首里の馬」で第一六三回芥川賞を受賞。主な著書に『オブジェクタム／如何様』『居た場所』『カム・ギャザー・ラウンド・ピープル』『暗闇にレンズ』『パレードのシステム』『ドライブイン・真夜中』など。

装幀＝川名潤

パンダ・パシフィカ

二〇二四年十月三十日　第一刷発行

著者　高山羽根子
発行者　宇都宮健太朗
発行所　朝日新聞出版
〒一〇四-八〇一一　東京都中央区築地五-三-二
電話　〇三-五五四一-八八三二（編集）
〇三-五五四〇-七七九三（販売）
印刷製本　中央精版印刷株式会社

ISBN978-4-02-252016-6
定価はカバーに表示してあります